westermann

¿Qué pasa?

Cuaderno de actividades 1+

Erarbeitet von
Michaela Silvia Acuna (Düdingen), María Barroso Prieto (Hamburg), Anne Jähnert (Berlin), Lisa Olbrück (Siegburg), Yasmin Vogts (Hamburg) und Dr. Jennifer Wengler (Bad Münder)

unter Mitwirkung der Redaktion
Isabel Calvo Suárez, Vanessa Rother, Silvia Seoane García, Melissa Suárez Mosquera und Kristina de Vogüé

Fachliche Beratung
Angelika Bethke (Wolfenbüttel), Björn Boos (Bergisch Gladbach) und Anne-Katharina Brosius (Königswinter)

Zusatzmaterialien für Schülerinnen und Schüler:

Wortschatztrainer 1	978-3-14-113742-2
Grammatiktrainer 1	978-3-14-113746-0
Klassenarbeitstrainer 1	978-3-14-113738-5
Lektüre 1	978-3-14-113758-3
Vokabeltrainer-App	www.westermann.de/vokabeltrainer

Das digitale Schulbuch und digitale Unterrichtsmaterialien für Schülerinnen und Schüler und für Lehrkräfte finden Sie in der BiBox – dem digitalen Unterrichtssystem passend zum Lehrwerk. Mehr Informationen über aktuelle Lizenen finden Sie auf www.bibox.schule.

Druck A[1] / Jahr 2025
Alle Drucke der Serie A sind im Unterricht parallel verwendbar.

Redaktion: Isabel Calvo Suárez, Vanessa Rother, Silvia Seoane García, Melissa Suárez Mosquera, Kristina de Vogüé
Illustrationen: Andrea Naumann, Aachen
Umschlaggestaltung: LIODesign GmbH, Braunschweig
Layout: Visuelle Lebensfreude Bodem + Sötebier GbR, Hannover
Druck und Bindung: Westermann Druck GmbH, Georg-Westermann-Allee 66, 38104 Braunschweig

ISBN 978-3-14-113727-9

So arbeitest du mit dem *Cuaderno de actividades*:

Das Arbeitsheft folgt dem Aufbau des Schulbuchs. Du kannst hier noch einmal üben, was du im Unterricht gelernt hast.

Auf die **Audios** kannst du über die Webcodes oder QR-Codes zugreifen, die du oben auf den Seiten findest. Scanne einfach den QR-Code oder gib im Suchfeld auf www.westermann.de den Code ein.

Nach jeder **Unidad** kannst du dein Können auf den Seiten **Evaluación** selbst einschätzen. Bearbeite dazu die Aufgaben, vergleiche deine Ergebnisse mit den **Soluciones** und schätze dann deinen Lernstand ein.

Auf den **Chuletas**-Seiten überlegst du, was du in einer **Unidad** alles gelernt hast und was dir beim Lernen am besten hilft. Du kannst diese Seiten nutzen, um dich auf die nächste Klassenarbeit vorzubereiten.

Ab Seite 104 findest du **Tandembögen**, die man in der Mitte falten und zu zweit bearbeiten kann. Währenddessen könnt ihr euch gegenseitig kontrollieren. In den Lektionen wird auf diese Bögen verwiesen.

Auf den Seiten 115-116 vervollständigst du deine eigenen **Verbtabellen**.
In den Lektionen wird auf diese Tabellen verwiesen.

In dem beiliegendem **Grammatikheft** kannst du Regeln nachlesen, wichtige Stellen markieren und Zusatzinformationen ergänzen. Hier sind auch noch einmal die Erklärvideos verlinkt, die du bereits aus dem Schulbuch kennst.

Übungsanweisungen

Die folgende Übersicht ergänzt die Liste der Übungsanweisungen aus dem Buch.

Haced el ejercicio tándem de la página...	Macht die Tandemübung auf Seite ...
Marca con una cruz las frases correctas.	Kreuze die richtigen Sätze an.
Rellena el crucigrama.	Fülle das Kreuzworträtsel aus.
Subraya...	Unterstreiche ...
Tacha las formas falsas.	Streiche die falschen Formen durch.

Las vacaciones en Ribadesella

1 a) **Lee otra vez el texto del libro y completa los textos.** Vervollständige die Texte und stelle die abgebildeten Jugendlichen vor. Die Informationen findest du im Buch auf den Seiten 10-11.

1. Es Miguel. Es de Madrid.
   Para Miguel las vacaciones son ______________________________.
2. Es Lucía. Es de ______________.
   Para __________ las vacaciones son ______________________________.
3. Es __________. ______________________. Para ____________________
   ____.
4. ____
   ____
5. ____
   ____

b) **Escribe un texto sobre un amigo / una amiga.** Schreibe einen Text wie in a) über einen Freund / eine Freundin. Stelle sie / ihn den anderen vor.

Es ____

____

____

c) **Preséntate.** Stelle dich vor. Wer bist du, woher kommst du und was sind die Ferien für dich?

Soy ____

____

____

2 **Busca información sobre Ribadesella.** Ribadesella ist ein beliebter Ferienort im Norden Spaniens. Suche im Internet folgende Informationen. Vergleicht sie anschließend in der Klasse.

1. Wie viele Einwohner hat Ribadesella? ______________________
2. An welchem Meer liegt Ribadesella? ______________________
3. Wie heißt die Küste, an der der Ort liegt? ______________________
4. Wie heißt das Gebirge in der Nähe von Ribadesella? ______________________
5. Nenne zwei größere Städte, die in der Nähe von Ribadesella liegen. ______________________
6. Wer oder was ist „Tito Bustillo"? ______________________

3 **Escribe los *hashtags* correspondientes a las fotos.** Tito hat einige Fotos gepostet.
Ordne die Wörter den Fotos zu. Überlege dir zu jedem Foto ein weiteres Wort und schreibe es dazu.

playa | montañas | deporte | papá

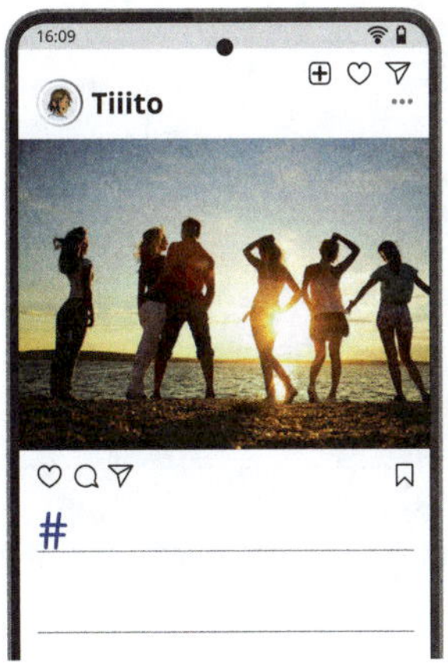

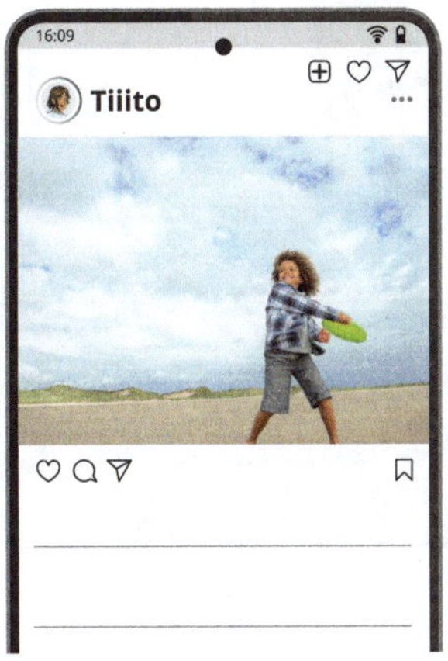

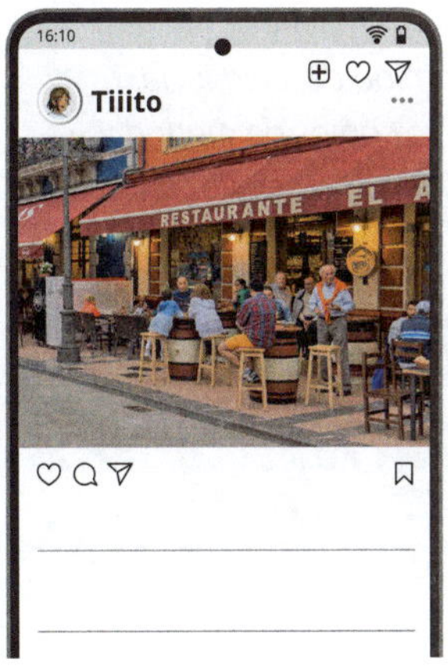

4 a) **Escucha y rapea el rap *Hola*.** Höre dir den Begrüßungsrap an.
Beim zweiten Mal kannst du sicher auch schon mitrappen.

> ¡Hola! ¡Buenos días! ¡Buenas tardes! ¡Buenas noches!
> ¡Hola! ¡Buenos días! ¡Buenas tardes! ¡Buenas noches!
>
> Soy **Lucía**. Y tú, ¿cómo te llamas? – Me llamo **Omar**. ¿De dónde eres?
> Soy de **Madrid**. ¿Y tú? – Soy de **Cardedeu**. ¡Hasta luego!
>
> ¡Hasta mañana en la fiesta! – ¡Hasta mañana en la playa!
> ¡Hasta mañana en la fiesta! – ¡Hasta mañana en la playa!
> ¡Adiós!

b) **Cread vuestro propio rap**. Erstellt euren eigenen Rap, indem ihr die rot gedruckten Wörter durch eure eigenen Namen und Herkunftsorte ersetzt. Nutzt für eure Präsentation die Karaoke-Version.

5 a) **Relaciona y escribe las palabras.** Du verstehst schon viel mehr spanische Wörter, als du denkst.
Ordne die Fotos den Wörtern zu, indem du die Zahlen über die Wörter schreibst.

el museo | la guitarra | el quiosco | el tango | la paella | la costa | la palmera | la bicicleta

b) **En parejas, comparad.** Vergleicht zu zweit eure Ergebnisse. Was hat euch geholfen, die Wörter zu verstehen?

Audio:
WES-113727-006

6 Escribe el diálogo. Schreibe den Dialog mit den richtigen Satzzeichen und der Groß- und Kleinschreibung auf.

El idioma
Im Spanischen werden Substantive kleingeschrieben. Ausnahmen sind Eigennamen und geografische Bezeichnungen, z. B. von Ländern und Städten.

hola cómo te llamas me llamo clara soy la prima de lucía y de miguel y tú yo me llamo raúl soy el amigo de lucía lucía, miguel y yo somos de madrid y tú de dónde eres soy de cádiz

Raúl: ¡Hola! ______________________________

____

____

____

7 Escucha y relaciona. Höre dir die vier Dialoge an und ordne sie dem passenden Bild zu. Schreibe den richtigen Buchstaben in das Kästchen.

1  ☐

2  ☐

3  ☐

4  ☐

8 Completa los diálogos. Ergänze in den Dialogen die passenden Wörter.

buenos días • buenas tardes • buenas noches • me llamo • te llamas • soy • es

1 

10:00 Uhr

¡______________! ______________ Isabel. Y tú, ¿cómo ______________?

______________ Ana.

2 

17:00 Uhr

Hola, ______________. ¿Cómo ______________?

______________ Luis. ¿Y tú?

3 

22:00 Uhr

Hola, ______________. Yo ______________ Carlos y él ______________ Alberto.

Hola, chicos, ______________ Mariluz.

9 Relaciona. Verbinde die Subjektpronomen mit den entsprechenden Bildern.

1

2

3

4

5

- yo
- tú
- él
- ella
- nosotros
- nosotras
- vosotros
- vosotras
- ellos
- ellas

6

7

8

9

10

10 ¿Qué pronombre es? Mit welchem Subjektpronomen kannst du die Personen ersetzen? Schreibe auf.

El idioma

Sobald in einer Gruppe ein Junge dabei ist, benutzt man im Spanischen die männliche Pluralform – auch wenn es mehr Mädchen als Jungen sind. „Die Jungen und Mädchen" sind also **los chicos**.

Ejemplo: mi amiga y yo = *nosotros / nosotras*

1. Selena = ______
2. los hermanos = ______
3. las primas = ______
4. tú y los amigos = ______
5. mi papá y yo = ______
6. Luis = ______
7. Camila y Carlos = ______
8. tú y yo = ______
9. las chicas y los chicos = ______
10. Clara, Lucía y Raúl = ______

11 **Relaciona.** Verbinde die Personalpronomen mit der passenden Verbform von **ser**.

1. él / ella •	• **A.** somos
2. nosotros / nosotras •	• **B.** soy
3. yo •	• **C.** eres
4. ellos / ellas •	• **D.** es
5. vosotros / vosotras •	• **E.** son
6. tú •	• **F.** sois

12 **Completa los diálogos con los pronombres personales.**

Vervollständige die Dialoge mit den passenden Personalpronomen.

1

¿De dónde son Lucía y Tito?

______ es de Madrid y ______ es de Ribadesella.

2

¿De dónde es Clara?

______ es de Cádiz.

3

Raúl es de Madrid, ¿y tú?

______ soy de San Sebastián.

4

Hola, ______ soy Álex.
Y ______, ¿cómo te llamas?

______ me llamo Ariadna.

5

¿De dónde son Miguel y Raúl?

______ son de Madrid.

6

______ somos de Chile.
¿Y ______?

______ somos de Ecuador.

13 **Rellena el crucigrama.** Fülle das Kreuzworträtsel mit den Verbformen von **ser** aus.

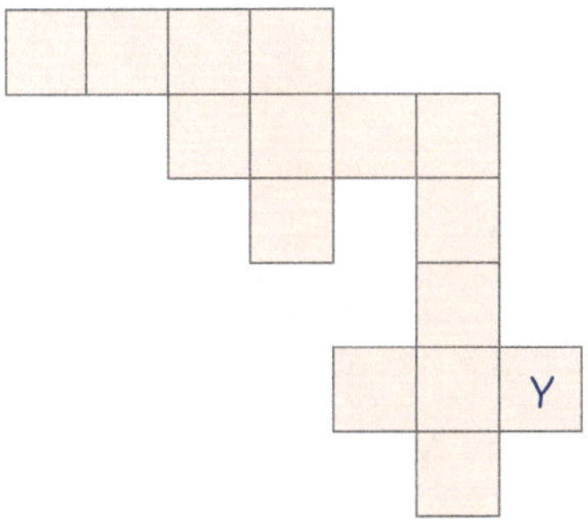

V Schreibe die Formen von **ser** in die Verbtabelle auf Seite 115.

14 **Completa con las formas correctas del verbo *ser*.** Ergänze die richtigen Formen des Verbs **ser**.

1. *Tito:* Hola, Ana. Él ____________ Javier.
Javier ____________ mi amigo.
Ana: Hola, Javier. ¿ ____________ de Ribadesella?
Javier: No, yo ____________ de Lugo. ¿Y tú?
Ana: ____________ de León.
Tito: Ana ____________ la prima de Mario.

2. *Juan:* Hola, me llamo Juan y él ____________ Alberto.
Yo ____________ de Valladolid y Alberto
____________ de Burgos. Para mí las vacaciones
____________ los bares, los restaurantes y
la fiesta de Ribadesella.
Alberto: Y para mí las vacaciones ____________ los amigos,
el deporte y las playas de Asturias.

3. *Lucía:* Hola, ____________ Lucía y Clara.
Yo ____________ de Madrid y
Clara ____________ de Cádiz.
Marta: Yo ____________ Marta y
ella ____________ María.
Nosotras ____________ de Ribadesella.
Lucía: ¿ ____________ amigas de Tito?
María: Sí, ____________ amigas de Tito y Javier.

4. ¡Hola, buenos días! ____________ Lucía y Miguel y yo ____________ hermanos.
____________ de Madrid. Y vosotros, ¿de dónde ____________?

15 a) **Busca las ocho palabras.** Suche acht Substantive in der Buchstabensuppe und trage sie mit dem bestimmten Artikel in die Tabellen ein. Schreibe jedes Wort in eine neue Zeile.

Q	A	M	I	G	O	W	E	T	Z	U	P	A	V	U	R	C	H	F
X	B	D	P	K	E	R	R	L	M	A	L	K	U	A	P	R	R	I
O	H	G	N	K	V	M	O	N	T	A	Ñ	A	S	H	R	A	Ñ	E
C	H	I	C	A	I	B	Y	L	U	H	O	F	A	M	I	G	A	S
L	K	E	J	I	Ñ	M	B	O	G	I	F	A	P	U	M	P	A	T
A	M	S	E	K	I	F	A	P	B	D	K	I	R	R	O	L	H	A
P	B	A	Q	Ñ	H	E	R	M	A	N	O	S	A	T	S	U	G	Ñ

maskulin Singular	maskulin Plural
el amigo	

feminin Singular	feminin Plural

b) **Completa las tablas.** Vervollständige die Tabellen. Bilde den Singular der Wörter, die im Plural stehen, und den Plural der Wörter, die im Singular stehen.

16 **Trabaja con un diccionario y busca las palabras siguientes.**
Arbeite mit einem zweisprachigen Wörterbuch und suche die folgenden Wörter.

1. Was bedeutet das spanische Wort **el piso**? Notiere drei Bedeutungen.

2. Welchen bestimmten Artikel hat das Wort **radio**?

3. In welchen Ländern sagt man **¿Qué onda?** anstatt **¿Qué pasa?**

4. Wie sagt man „Architektin" auf Spanisch?

5. Welche zwei Möglichkeiten gibt es auf Spanisch, um das „Handy" zu bezeichnen? Warum gibt es unterschiedliche Bezeichnungen dafür?

1 **Mira los carteles en el libro y marca las respuestas con una cruz.**
Sieh dir noch einmal die Plakate im Buch auf Seite 17 an und kreuze die richtigen Antworten an.

1. Wann finden die Surfcamps statt?

- a nur im Juni
- b im Juni und Juli
- c im Juni oder Juli

2. An wie vielen Tagen findet das Streetfood Festival statt?

- a an einem Tag
- b an zwei Tagen
- c an drei Tagen

3. Was für Produkte werden auf dem Markt angeboten?

- a ökologische Produkte
- b Second Hand-Produkte
- c regionale Produkte

4. Wo findet das Pferderennen statt?

- a auf der Rennbahn
- b am Strand
- c in den Bergen

2 **Escribe las expresiones en la tabla.** Ordne die Ausdrücke in die Tabelle ein.

bien | fatal | así así | muy mal | regular | muy bien | mal | genial

🙂	😐	🙁

3 **¿Qué tal? Escucha los diálogos y marca con una cruz la casilla correcta.**
Was antworten die Personen auf die Frage **¿Qué tal?** Höre zu und kreuze an.

	🙂	😐	🙁
Pedro y Daniel			
Laura			
Lucas			
Sara			
Luis			

4 a) **En parejas, leed el texto y marcad las palabras que entendéis.**
Arbeitet zu zweit und lest den Text durch. Markiert die Wörter, die ihr mithilfe von anderen Sprachen, die ihr sprecht, verstehen könnt.

www.surfcampribadesella.com

Surf Camp y Escuela de Surf en Ribadesella

En «Surf Camp Ribadesella» nos dedicamos a la enseñanza y el disfrute del surf y todo lo que le rodea, somos una escuela de surf en Asturias y un surfcamp único en España.
La costa asturiana, poco masificada y con excelentes condiciones para el surfing, ofrece todo tipo de posibilidades para los apasionados de este deporte y nuestra zona es perfecta para conocer el oriente de Asturias, uno de los lugares más bonitos del Cantábrico.
«Surf Camp Ribadesella» desarrolla toda su actividad en la Playa de Santa Marina perteneciente a Ribadesella, y, en ocasiones, en Playa de Vega a 5 km, unas de las mejores playas para hacer surf en Asturias.

b) **Completa la tabla.**
Tragt in die Tabelle eure Wörter ein, zum Beispiel:

Spanisch	Englisch	andere Sprache	Übersetzung
la costa	*coast*	*la côte (frz.)*	*die Küste*

c) **Contestad a las preguntas.**
Versucht nun, die folgenden Fragen zu beantworten.

1. An welcher Küste liegt das Surfcamp?

2. Wie sind die Surfbedingungen in Ribadesella?

3. Wie heißen die Strände, an denen die Surfkurse stattfinden?

5 Escucha y marca con una cruz la letra que escuchas.

Höre zu und kreuze jeweils den Buchstaben an, den du hörst.

1.	V	oder	U
2.	Y	oder	J
3.	I	oder	X
4.	H	oder	A
5.	E	oder	R
6.	G	oder	J
7.	F	oder	L
8.	N	oder	Ñ
9.	Y	oder	E
10.	S	oder	X

6 Escucha y escribe los nombres de las ciudades.

Höre zu und schreibe die Namen der Städte auf, die buchstabiert werden.

7 Busca las ciudades del ejercicio 6 en el mapa de España.

Suche die Städte von Aufgabe 6 auf der Spanienkarte im Buch.

8 En parejas, haced el ejercicio tándem de la página 104.

Macht zu zweit die Tandemübung auf Seite 104.

9 **Jugad en parejas.** Spielt zu zweit Galgenraten. Person A wählt ein Wort der *Unidad* aus. Person B nennt einzelne Buchstaben, bis sie das Wort erraten hat. Ist der Buchstabe richtig, trägt Person A den Buchstaben ein. Ist der Buchstabe falsch, wird ein Teil vom Galgen gemalt.

10 **Relaciona.** Verbinde die Fragen und den Ausruf mit den passenden Antworten.

1. ¿De dónde sois?	**A.** Bien, gracias.
2. ¿Qué tal?	**B.** Hasta luego.
3. ¿Cómo te llamas?	**C.** Sí.
4. ¡Adiós!	**D.** Soy de Madrid.
5. ¿De dónde eres?	**E.** Me llamo Tito.
6. ¿Ella es Clara?	**F.** Somos de Ribadesella.

11 **Ordena las palabras.** Bringe die Wörter in die richtige Reihenfolge und schreibe sie mit den passenden Satzzeichen auf.

1. Me llamo – de – Ribadesella – soy – Tito – y

____

2. soy – Raúl – y – Buenos días, – de – me llamo – Madrid

____

3. somos – de – Nosotros – Granada

____

4. Y – de dónde – tú – eres

____

5. Se llama – y – de – Felipe – Ecuador – es

____

6. la chica – y – de dónde – se llama – es – Cómo

____

Auf den **Evaluación**-Seiten findest du Aufgaben, die dir helfen deinen Lernstand einzuschätzen. Bearbeite die Aufgaben und vergleiche deine Ergebnisse mit den **Soluciones** (Lösungen) auf S. 117. Überlege anschließend, ob dir etwas gut gelungen ist oder ob du noch üben musst.

Comprensión auditiva

1 **Escucha y completa la tabla.** Im Spanienurlaub lernst du vier Jugendliche kennen, die sich dir vorstellen. Vervollständige die Tabelle mit den Informationen, die fehlen.

	¿Cómo se llama?	¿De dónde es?
1.	*Marta*	
2.		*Salamanca*
3.		*Pamplona*
4.	*Francisco*	

2 **Escucha y relaciona.** Wie geht es den Personen?
Höre zu und verbinde die Namen mit den richtigen Ausdrücken.

Miguel •	• muy bien
Raúl •	• bien
Tito •	• regular
el papá de Lucía •	• mal
Lucía •	• fatal

Expresión escrita

3 **Escribe un texto.** Stell dir vor, dass du an einem Surfkurs in Spanien teilnimmst. Schreibe einen Text für das Schwarze Brett der Surfschule, in dem du dich vorstellst und beschreibst, was du mit den Ferien verbindest.

Comprensión lectora

4 **Lee los textos y relaciónalos con las fotos correspondientes.** Am Schwarzen Brett einer Surfschule stellen sich einige Jugendliche vor, die am aktuellen Kurs teilnehmen. Lies die Texte und schreibe die Zahl vom passenden Foto zum Text in die Tabelle. Achtung: zu einem Text passen zwei Fotos.

Texto	A	B	C	D	E	F
Foto	5					

Texto A: Hola, me llamo Isabel y soy de Soria. El verano en Asturias es genial. Para mí las vacaciones son las fiestas y la playa.

Texto B: ¿Qué tal? Soy Xavi y soy de Madrid. El verano en Madrid es horrible, pero en Ribadesella es genial. ¡Hasta luego!

Texto C: Hola, chicos, me llamo Hassan y soy de Jaén en Andalucía. Para mí las vacaciones son el deporte, el deporte y el deporte.

Texto D: Hola, chicos, ¿qué tal? Soy Ana de Valladolid. Isabel es mi hermana. Para mí las vacaciones son los bares y los helados.

Texto E: ¡Hola, chicos y chicas de Ribadesella! ¿Qué tal? Nosotras muy bien. Somos Anastasia y Sofía. Somos amigas. ¡Hasta luego!

Texto F: Hola, me llamo Carlos y soy de Toledo. Pues, para mí las vacaciones son las montañas.

Expresión oral

5 Formula las frases. Du lernst im Urlaub einen Spanier kennen. Formuliere die Sätze. Was sagst du, ...

1. um ihn zu begrüßen?

____

2. wenn du wissen möchtest, wie er heißt?

____

3. wenn du wissen möchtest, wo er herkommt?

____

4. um dich vorzustellen (Name und Ort)?

____

5. wenn du wissen möchtest, wie es ihm geht?

____

6. um dich zu verabschieden?

____

Autoevaluación

Ist dir etwas gelungen, kreuze ✓ an. Fällt dir etwas noch schwer, kreuze ¿? an.

	Kompetenz	✓	¿?	Lerntipps
1 Comprensión auditiva	Ich kann fehlende Informationen heraushören.			Höre dir die Audios aus *Unidad* 1 noch einmal an.
2 Comprensión auditiva	Ich kann verstehen, wie es den Personen geht.			SB Seite 18: *Así se dice*
3 Expresión escrita	Ich kann mich in einem Text vorstellen und beschreiben, was ich mit den Ferien verbinde.			SB Seite 10-11 SB Seite 23: Punkt 3
4 Comprensión lectora	Ich kann kurze Texte verstehen und ihnen passende Fotos zuordnen.			SB Seite 10-11 SB Seite 158-160: *Vocabulario*
5 Expresión oral	Ich kann die deutschen Aussagen auf Spanisch formulieren.			SB Seite 22-23: Punkt 1 und 2

Mi chuleta

Chuleta heißt übersetzt Spickzettel. Überlege dir, was du in **Unidad** 1 alles gelernt hast und fülle die Zettel aus. Die Seite kannst du anschließend nutzen, um dich auf die nächste Klassenarbeit vorzubereiten.

Das ist meine TOP 5 der neuen Wörter:

- ______
- ______
- ______
- ______
- ______

Dieses Wort schreibe ich oft falsch:

- ______

Das ist mir leichtgefallen:

- ______

Das muss ich noch üben:

- ☐ jemanden begrüßen und mich verabschieden
- ☐ mich und andere vorstellen (das Verb **ser**)
- ☐ die Personalpronomen (**yo, tú**, ...)
- ☐ die bestimmten Artikel und die Substantive
- ☐ sagen, wie es mir geht
- ☐ ______

Wenn ich ein Wort nicht verstehe, ...

- ☐ schlage ich es in einem Wörterbuch nach.
- ☐ versuche ich es mir aus anderen Sprachen herzuleiten.
- ☐ nutze ich den Kontext in dem es steht, um es mir zu erschließen.
- ☐ ______

1 a) **Escucha las palabras y repítelas.** Höre dir die Wörter an und sprich sie nach

[k]	[g]	[x]
cuaderno	amiga	ejemplo

[θ] in Spanien	[s] in Lateinamerika	[tʃ]
necesitar	cinco	chica

[rr]	[r]	[ß]
guitarra	pero	vacaciones

[j]	[ʎ]	[ɲ]
yo	llevar	España

b) **¿Cómo se pronuncia? Wie werden die Wörter ausgesprochen?**
Ordne sie den richtigen Lauten zu und trage sie in die Tabelle ein.

estuche · página · entonces · grupo · zona · qué · llamarse

verano · mañana · barrio · cerca · oye

c) **Completa la tabla con más ejemplos.** Suche im Buch im **Minidiccionario** (Seite 176-181) nach weiteren Wörtern und ordne sie den entsprechenden Lauten zu.

Audios: WES-113727-020

2 **Escucha las palabras.** Höre dir die Wörter zweimal an und sprich sie beim zweiten Mal mit. Kreuze an, ob c wie [θ] oder [k] klingt. Achtung: Ein Wort hat eine Besonderheit!

	[θ]	[k]
gracias		
la comunidad		
descubrir		
así se dice		
la ciudad		
¿cómo?		
las vacaciones		
la chica		

3 a) **Marca con una cruz la pronunciación correcta.** Kreuze an, wie die Wörter ausgesprochen werden.

1. Bogotá	a [x]	b [g]
2. Valencia	a [k]	b [θ]
3. genial	a [θ]	b [x]
4. Colombia	a [k]	b [θ]
5. noche	a [ʧ]	b [θ]
6. Raquel	a [k]	b [θ]
7. hasta luego	a [h]	b [–]
8. seguir	a [x]	b [g]
9. Guadalajara	a [ʧ]	b [x]
10. Sevilla	a [l]	b [ʎ]
11. Gilberto	a [x]	b [g]
12. Zaragoza	a [x]	b [θ]

Bogotá

Sevilla

b) **Escucha y comprueba tus resultados.** Höre zu und überprüfe dein Ergebnis.

4 **Escucha y marca con una cruz las palabras que escuchas.** Höre genau zu und kreuze die Wörter an, die du hörst.

1.	a primo	b prima
2.	a Clara	b Carla
3.	a fiesta	b siesta
4.	a hablo	b habló
5.	a pero	b perro
6.	a cuarto	b cuatro
7.	a no	b yo
8.	a julio	b junio
9.	a tomar	b domar
10.	a ¿por qué?	b porque

5 a) **Lee los trabalenguas y marca las letras.** Lies die Zungenbrecher und markiere in den Wörtern den Laut, um den es in dem jeweiligen Zungenbrecher geht.

1. **[rr]:** Erre con erre, guitarra, erre delante, rocín. Rápidas ruedan las ruedas redondas del ferrocarril. Erre con erre, cigarro, erre con erre, barril. Rápidos corren los carros cargados de azúcar al ferrocarril.
2. **[x] und [k]:** La pícara pájara pica la típica jícara.
3. **[θ] und [x]:** Jorge el cerrajero vende cerrajes en la cerrajería.
4. **[x]:** Juan junta juncos junto a la zanja.
5. **[g] und [x]:** La grúa gigante giraba grácilmente en el garaje.

b) **Escucha y repite.** Höre dir die Zungenbrecher an. Suche dir dann einen aus und übe ihn. Tritt gegen jemand anderen an und stoppt die Zeit. Wer von euch kann den Zungenbrecher am schnellsten möglichst fehlerfrei aufsagen?

6 a) **Escucha las palabras, repítelas y subraya la sílaba acentuada.** Höre dir die Wörter an, sprich sie nach und unterstreiche die betonte Silbe.

nu | me | ro

com | pren | der

ban | co

ra | ton

gra | cias

pa | pa

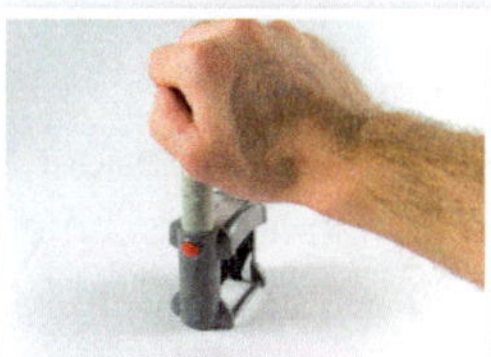
o | fi | cial

te | le | fo | no

Ma | la | ga

o | fi | ci | na

bi | blio | te | ca

mu | si | ca

ins | ti | tu | cion

ciu | dad

San | tan | der

tor | ti | lla

b) **Decide si lleva una tilde o no.** Entscheide, ob die Silbe einen Akzent trägt oder nicht. Ergänze die Akzente und vergleiche mit deinem Partner/deiner Partnerin.

Audios:
WES-113727-022

7 a) **Escucha las frases.** Im Spanischen werden beim Sprechen einzelne Wörter miteinander verbunden. Lies die Sätze und höre dabei zu, wie sie gesprochen werden. Markiere die Wörter, die zusammen wie ein Wort ausgesprochen werden.

1. Mi amigo Santi es de Uruguay.
2. Una amiga de Enrique se llama Isabel.
3. Irene es la amiga de un amigo de Elena.
4. Mi gato Osvaldo tiene un año.

b) **Repite.** Sprich die Sätze möglichst flüssig nach.

8 **Escucha. ¿Qué dicen las personas?** Höre zu.
Stellen die Personen eine Frage oder machen sie eine Aussage? Kreuze an.

	1.	2.	3.	4.	5.	6.	7.	8.
Frage	X							
Aussage								

9 **Leed un texto.** Sucht euch einen Lektionstext oder einen eigenen Text heraus. Verteilt bei Bedarf die Rollen innerhalb einer Gruppe und übt eure Passagen gut auszusprechen. Beachtet dabei folgende Checkliste:

- Spreche ich jeden Laut richtig aus?
- Setze ich innerhalb eines Wortes die Betonung richtig?
- Welche Wörter kann ich miteinander verschmelzen lassen?
- Kann ich meine Sätze flüssig „singen“, indem ich eine geeignete Intonationskurve (Melodie – wie bei der Gromolo-Sprache) finde, die der spanischen Aussprache sehr ähnelt und zum Inhalt des Textes passt?

Wenn ihr euch nicht sicher seid, ob ihr die Texte richtig aussprecht, nehmt euch selbst auf, gebt euren Text in eine KI ein, die ihn vorlesen kann, und vergleicht eure Aufnahme damit.

1 **¿Quién es? Mira los dibujos y escribe frases cómo en el ejemplo.**
Wer oder was ist es? Sieh dir die Bilder an und schreibe passende Sätze.

Es la madre de Lucía.

Es ______________________

____

____

____

____

2 a) **Busca información sobre Madrid.** Madrid ist die Hauptstadt Spaniens.
Suche im Internet folgende Informationen. Vergleicht sie anschließend in der Klasse.

1. Wie viele Einwohner hat Madrid?

____

2. Welche **comunidades autónomas** befinden sich um Madrid herum?

____

3. Wie viele Metrolinien gibt es in Madrid?

____

4. Wie heißt der internationale Flughafen mit vollem Namen?

____

5. Wie ist der volle Name des größten Zugbahnhofs?

____

6. Welcher Fluss fließt durch die Stadt?

____

7. Nenne die Namen von zwei Stadtvierteln.

____

8. Was sind „el Prado", „el Thyssen" und „el Reina Sofía"?

____

b) **Busca más información y haz dos preguntas sobre Madrid para tu compañero/-a. Apunta también las respuestas.** Suche mehr Informationen über Madrid und formuliere zwei Fragen für eine/n Mitschüler/in. Notiere auch die Antworten.

____

____

3 a) **Lee las partes del diálogo. Después, relaciona cada una con una imagen.** Lies die Textabschnitte. Ordne dann jedem Bild einen Abschnitt zu, indem du die Buchstaben in die Kästchen schreibst.

A. *Omar:* ¿Sois de Madrid?
Miguel: Sí, ¿y tú? ¿No eres de Madrid?
Omar: No, no soy de Madrid. Soy de Cardedeu, una ciudad cerca de Barcelona. Pero sí, ahora mi barrio en Madrid se llama La Latina.
Lucía: Ah, ¿sí? ¡Genial! ¡Nosotros somos de La Latina!

B. *Lucía:* ¿Y Copito?
Omar: Copito, mmm… ah, ¡hola, Copito!

C. *Omar:* ¡Copito! ¡Copiiiito!
Lucía: ¿Copito? ¿Quién es Copito?

D. *Raúl:* Oye, Omar, ¿cuántos años tienes?
Omar: Tengo doce años. Y vosotros, ¿cuántos años tenéis?
Raúl: ¡Lucía y yo también tenemos doce años!

E. *Omar:* Ah, ¿sois hermanos?
Miguel: Sí, Lucía es mi hermana. Y tú, ¿tienes hermanos?

F. *Omar:* Ah, ¡hola! Copito es mi perro, y yo soy Omar. ¿Y vosotros?
Raúl: Yo me llamo Raúl y ellos son Lucía y Miguel.

G. *Omar:* No, no tengo hermanos. Pero tengo un perro y tres hámsteres.
Miguel: ¿Tienes cuatro mascotas? ¡Genial! Nosotros tenemos un conejo. Se llama Rabanito.

H. *Lucía:* Sí, y mi hermano tiene nueve años.

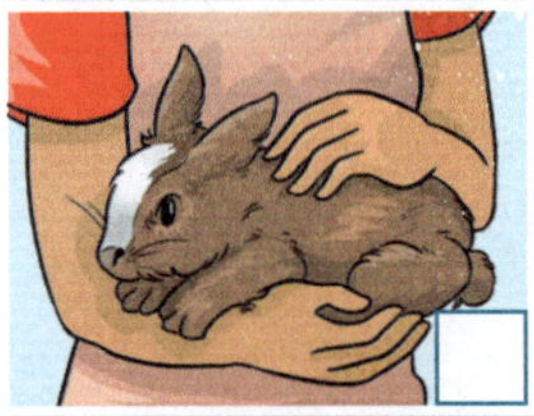

b) **Apunta el orden correcto de las partes del diálogo.** Bringe den Dialog in die richtige Reihenfolge und schreibe die Buchstaben der Textabschnitte in der richtigen Reihenfolge auf.

Reihenfolge:	1.	2.	3.	4.	5.	6.	7.	8.
Buchstabe des Abschnitts:	*C*							

4 Ordena las palabras y escribe frases.

Bringe die Wörter in die richtige Reihenfolge und schreibe die Sätze auf.

1. Raúl – mascotas – no – tiene Raúl no
2. no – Yo – de Madrid – soy
3. Mi madre – se llama – Steffi – no
4. tiene – no – hermanos – Carla
5. Tú – eres – Luis – no

5

a) **Usa la negación.** Bei ihrer Rückkehr aus den Ferien in Ribadesella unterhält sich Lucía mit ihrer Nachbarin Carmen, die vieles falsch versteht. Verneine die Sätze und schreibe sie noch einmal richtig auf. Wenn nötig, kannst du dazu noch einmal ins Buch schauen.

Ejemplo: No, Tito no es de Cádiz. Tito es de Ribadesella.

1. El verano en Ribadesella es horrible.
2. Para Lucía las vacaciones son el sol y el mar.
3. Clara es la prima de Raúl.
4. Para Raúl las vacaciones son las montañas y los helados.
5. Raúl es el primo de Lucía.

b) **En grupos de tres, formulad frases falsas sobre el texto y corregidlas.** Bildet 3er-Gruppen. Jede/r bildet drei inhaltlich falsche Sätze zum Text im Buch (S. 32) und notiert auch die richtige, verneinte Lösung. Lasst die falschen Sätze von euren Partnern / Partnerinnen verneinen und kontrolliert mithilfe eurer Lösung.

c) **Jugad en el grupo. Inventa tres frases falsas sobre ti (o sobre tus compañeros/-as). Tus compañeros/-as las corrigen.** Erfinde jetzt drei falsche Aussagen über dich (oder über deine Mitschüler/innen). Deine Partner/innen korrigieren die Sätze und benutzen dabei die Verneinung.

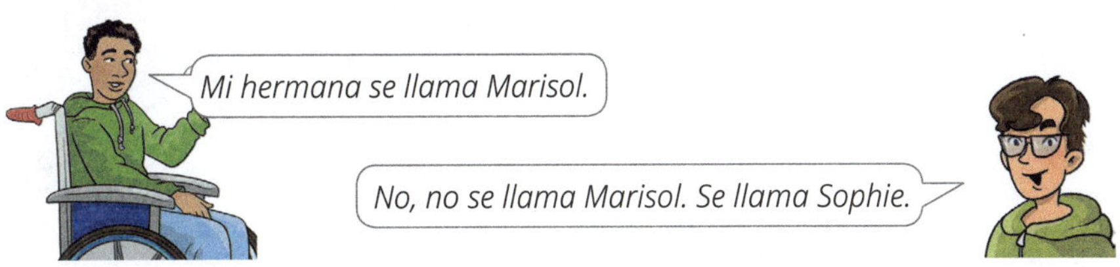

Audio:
WES-113727-026

6 a) **Escucha y marca con un cruz la frase correcta.**
Höre zu und kreuze an, welchen der Sätze du jeweils hörst.

1. a No se llama María. — b No. Se llama María.
2. a ¿De dónde es Pedro? — b ¿De dónde es, Pedro?
3. a La Latina es mi barrio. — b ¡La Latina es mi barrio!
4. a ¿Eres de Valladolid? — b Eres de Valladolid.
5. a Ah, ¿sois hermanos? — b Ah, ¡sois hermanos!
6. a No son de Madrid. — b No. Son de Madrid.

b) **En parejas, leed las frases de a) y hablad.**
Lest zu zweit die Sätze von a) laut vor und achtet besonders auf die Betonung.
Besprecht, was genau sie bedeuten und welchen Unterschied jeweils die Satzzeichen machen.

7 a) **Busca los 13 números y márcalos. Escríbelos en las líneas.** Hier sind 13 Zahlen von 0 bis 20 versteckt (horizontal und vertikal). Suche und markiere sie, dann schreibe sie auf.

S	D	U	R	B	C	D	S	G	J	R	W
M	I	N	D	O	A	T	A	I	S	Z	E
O	E	W	O	K	T	J	U	S	E	C	C
Q	Z	U	C	B	O	V	N	I	I	T	E
O	C	V	E	O	R	C	O	I	S	Q	R
C	O	C	C	H	C	N	U	V	C	H	O
H	N	N	U	D	E	Q	S	H	X	H	D
O	I	N	T	P	V	E	I	N	T	E	N
C	P	D	I	E	C	I	O	C	H	O	U
C	U	A	T	R	O	T	R	E	S	T	E
W	M	D	I	E	C	I	S	É	I	S	V
E	C	E	Y	A	P	S	H	J	L	G	E

b) **Escribe los ocho números que faltan.**
Notiere die acht Zahlen, die in Aufgabe a) fehlen.

8 a) Escribe las operaciones matemáticas y la solución.

Schreibe die Rechenaufgaben und ihre Lösung auf.

Ejemplo: 8 *ocho* + 7 *siete* = *quince*

1. 13 ______________ – 9 ______________ = ______________
2. 11 ______________ + 6 ______________ = ______________
3. 18 ______________ – 13 ______________ = ______________
4. 10 ______________ + 9 ______________ = ______________
5. 14 ______________ + 6 ______________ = ______________
6. 15 ______________ – 12 ______________ = ______________

b) En parejas, leed y comparad.

Lest euch die Aufgaben abwechselnd vor und vergleicht die Lösungen.

El idioma
+ → **más**
– → **menos**
= → **es / son**

c) Inventa tres operaciones matemáticas para tu compañero/-a.

Erstelle drei Aufgaben mit den Zahlen von 0 bis 20 für deine/n Mitschüler/in und gib sie ihm/ihr zum Lösen.

____

____

____

9 En grupos pequeños, jugad al bingo en la página 105.

Spielt Bingo in Kleingruppen mit den Karten von Seite 105.

10 Escucha los diálogos y marca los números correctos.

Höre dir die Dialoge an und lies dabei mit. Markiere die Zahlen, die du hörst.

1. *María:* ¡Hola! Yo soy María y tengo **14 / 15** años. ¿Y tú?
   Diego: Yo me llamo Diego y tengo **11 / 12** años.
   María: Ah, ¿sí? Mi hermano Paco también.

2. *Luis:* Hola, ¿cómo te llamas?
   Carla: Me llamo Carla.
   Luis: Hola, Carla, yo soy Luis y tengo **7 / 17** años. ¿Y tú?
   Carla: Yo tengo **5 / 15** años.

3. *Pedro:* ¿Cuántas mascotas tienes, Alba?
   Alba: Tengo **8 / 9** mascotas.
   Pedro: ¡Guau! ¿Tienes **8 / 9** mascotas en casa?
   Alba: Sí, tengo **2 / 3** conejos y **5 / 7** tortugas. ¿Y tú, Pedro?
   Pedro: Yo tengo **3 / 5** mascotas: **1 / 2** gato(s) y **2 / 4** peces.

11 Encuentra las formas del verbo *tener* y apúntalas con los pronombres en el orden correcto.

Finde in der Wortschlange die Formen von **tener** und schreibe sie mit den Personalpronomen in der richtigen Reihenfolge auf. Sechs Buchstaben bleiben übrig und ergeben das Lösungswort.

mtenéistienesatengodrtienetienenitenemosd

> **V** Schreibe die Formen von **tener** in die Verbtabelle auf Seite 115.

yo ______________________

____

Lösungswort: ______________________

12 ¿Cuántos/-as... tienen? Haz frases. Wer hat wie viele...? Bilde Sätze.

1.  *Lucía tiene una prima.*
2.  ______________________
3.  ______________________
4. nosotros →  ______________________
5. vosotras →  ______________________
6. tú →  ______________________

13 Completa el diálogo con las formas de *ser* y *tener*. Ergänze die Formen von **ser** und **tener**.

Omar: ¡Hola, chicos!, ¿qué tal? Yo (1) ______ Omar, ¿y vosotros?

Lucía: Yo (2) ______ Lucía y ellos (3) ______ Miguel y Raúl.

Omar: Y ¿cuántos años (4) ______ (vosotros)?

Raúl: Lucía y yo (5) ______ doce años y Miguel (6) ______ nueve años.

Omar: Yo también (7) ______ doce años. ¿De dónde (8) ______ (vosotros)?

Lucía: (9) ______ de Madrid. Y tú, ¿de dónde (10) ______?

Omar: Yo (11) ______ de Cardedeu, una ciudad cerca de Barcelona.

Raúl: Oye, Omar, ¿(12) ______ hermanos?

Omar: No, pero (13) ______ dos primos, Latifa y Naím.
(14) ______ (ellos) de Barcelona y (15) ______ quince y diecisiete años.
Y vosotros, ¿(16) ______ hermanos?

Lucía: Sí, Miguel y yo (17) ______ hermanos.

Raúl: Yo no (18) ______ hermanos.

14 **Escucha y relaciona.** Höre zu und verbinde die Namen mit den passenden Sätzen.

Achtung: Zu Pepa, Laura und Luisa gehören jeweils zwei Sätze.

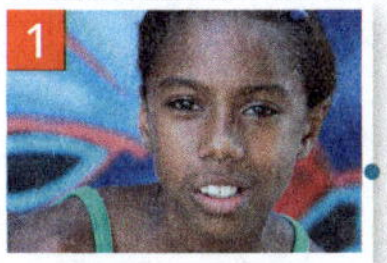
1 Pepa

2 Pedro

3 David

4 Laura

5 Luisa

- **A.** Sus[1] hermanas tienen 16 años.
- **B.** Es de Bilbao.
- **C.** Tiene 14 años.
- **D.** Sus[1] hermanos se llaman Sebastián y Nicolás.
- **E.** Es de Barcelona.
- **F.** Su[1] familia son la madre y dos hermanos.
- **G.** Su[1] hermano tiene 19 años.
- **H.** Tiene cinco primos.

15 **Escucha qué cuentan Ana, Pablo y Beatriz. Marca con una cruz las respuestas correctas.**

Höre dir an, was Ana, Pablo und Beatriz über ihre Geschwister und Haustiere erzählen. Kreuze die richtigen Antworten an.

	Ana	Pablo	Beatriz
Hermanos:			

	Ana	Pablo	Beatriz
Mascotas:			

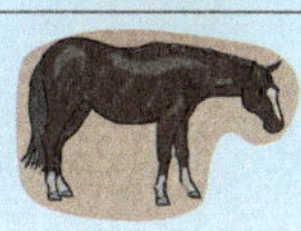			

[1] **su/s** seine, ihre

Audio:
WES-113727-030

16 a) **Tacha la forma falsa.** Streiche die falschen unbestimmten Artikel durch.

1. Son unos / unas mascotas.
2. Es un / una ciudad.
3. Es un / una día genial.
4. Es un / una barrio.
5. Son unos / unas años.
6. Es un / una tortuga.
7. Son unos / unas peces.
8. Son unos / unas hámsteres.

b) **Escribe la forma masculina o femenina.**
Schreibe die maskuline oder feminine Form wie im Beispiel auf.

1. un chico – *una chica*
2. ______ – una prima
3. un hermano – ______
4. ______ – unas amigas
5. ______ – una madre
6. unos hermanos – ______
7. ______ – unas primas
8. unos padres – ______

c) **Completa el texto sobre los chicos con el artículo indeterminado.**
Ergänze im Text den unbestimmten Artikel im Singular oder Plural.

Lucía tiene (1) ______ hermano, se llama Miguel. Los dos tienen (2) ______ prima, se llama Clara. En Madrid, Lucía y Miguel tienen (3) ______ amigos geniales: Raúl es (4) ______ amigo de Lucía y Omar es (5) ______ chico de Cardedeu. Omar tiene (6) ______ mascotas geniales: (7) ______ perro y (8) ______ hámsteres.

17 a) **Escucha y marca con una cruz. ¿A qué cinco preguntas contestan los cuatro chicos?**
Höre zu, was die vier Jugendlichen erzählen, und kreuze an. Auf welche fünf Fragen antworten sie?

1. ☐ ¿Cómo te llamas?
2. ☐ ¿Qué tal?
3. ☐ ¿Qué mascota tienes?
4. ☐ ¿Cuántos años tiene tu mascota?
5. ☐ ¿Cómo se llama tu mascota?
6. ☐ ¿Tienes hermanos?
7. ☐ ¿Qué son las vacaciones para ti?
8. ☐ ¿De dónde eres?

b) **Escucha otra vez y completa la tabla.** Höre dir erneut an, was die Jugendlichen über ihre Haustiere erzählen, und vervollständige die Tabelle. Tipp: Höre den Text mehrmals an und konzentriere dich bei jedem Hören nur auf einen Aspekt: **mascota, nombre**[1], **edad**[2].

	Álvaro	Victoria	Flor	Jordi
mascota:				
nombre[1]**:**				
edad[2]**:**				

c) **Elige una de las mascotas y preséntala en clase.**
Wähle eines der Haustiere aus und stelle es mithilfe deiner Notizen in der Klasse vor.

[1]**el nombre** der Name [2]**la edad** das Alter

1 a) **Lee el texto de la página 39 del libro y elige el resumen correcto. Después, marca la información falsa en los otros dos resúmenes.** Lies den Text auf Seite 39 im Buch und wähle die passende Zusammenfassung aus. Markiere die zehn falschen Ausssagen in den anderen beiden Zusammenfassungen.

A: Raúl, Lucía, Miguel y Omar hablan en el chat y quedan hoy por la tarde. Lucía no tiene tiempo y no queda con ellos: pasa la tarde con Clara y graba un vídeo. Raúl, Miguel y Omar quedan en el centro. Luego pasean a Copito en el parque y compran un helado. Omar habla catalán, castellano e inglés; Lucía y Raúl hablan castellano, inglés y alemán.

B: Raúl y Lucía hablan con Omar en el chat. Raúl tiene ganas[1] de quedar hoy por la tarde, pero Lucía no tiene tiempo. Al final[2] quedan mañana por la mañana en el centro, en la Plaza Mayor. Omar lleva al perro Copito. Omar no solo[3] habla castellano, también habla catalán con los amigos de Cardedeu y estudia inglés en el instituto. Lucía y Raúl también estudian inglés y, además, alemán.

C: Raúl, Lucía y Omar hablan en el chat. Omar tiene ganas de quedar hoy por la tarde, pero Raúl no tiene tiempo. Al final quedan mañana por la tarde en el centro comercial y luego pasean a Copito en el parque. Omar habla castellano, inglés y alemán; Lucía y Raúl hablan catalán y castellano.

b) **Inventa dos frases para tus compañeros/-as.** Überlege dir zwei wahre oder falsche Aussagen zum Text als Aufgabe für deine Mitschüler/innen.

____

____

2 a) **¿Qué es? Escribe las palabras.** Was siehst du auf den Fotos? Schreibe die Wörter auf.

1

un _ _ _ _ _ _ _ _ _

2

una _ _ _ _ _ _ _

3

la _ _ _ _ _ _

4

un _ _ _ _

5

una _ _ _ _

6

una _ _ _ _ _

7

una _ _ _ _ _ _ _ _

8

un _ _ _ _ _ _   _ _ _ _ _ _ _ _ _

b) **Ordena las ocho letras rojas. ¿Qué palabra es?** Bringe die acht roten Buchstaben in die richtige Reihenfolge. Wie lautet das Lösungswort?

[1] **tener ganas de** Lust haben etw. zu tun [2] **al final** schließlich [3] **no solo** nicht nur

Audio: WES-113727-032

3 Relaciona las palabras con las explicaciones.

Ordne die Wörter den richtigen Beschreibungen zu. So erfährst du, welche Informationen in Spanien hinter diesen Wörtern stecken.

☐ los apellidos ☐ la plaza mayor ☐ los hermanos

☐ ¿Qué tal? ☐ el instituto ☐ ¡Buenas noches!

1. Gehört zur Begrüßung, verlangt in der Regel keine Antwort.
2. Eine Begrüßung, eine Verabschiedung und ein Gute-Nacht-Wunsch.
3. Bezeichnet im Singular nur einen männlichen, im Plural männliche und weibliche Verwandte.
4. Ort, der sich meist in zentraler Lage befindet und ein beliebter Treffpunkt ist.
5. Weiterführende Schulform, die alle Kinder in Spanien nach der Grundschule besuchen.
6. Spanier/innen haben zwei; der erste stammt normalerweise vom Vater, der zweite von der Mutter.

4 Escucha los tres diálogos y contesta a las preguntas.

Höre dir die drei Gespräche an und beantworte die Fragen.

1. ¿Isabel y Ana quedan hoy o mañana? ____________________

   ¿Dónde quedan? ____________________

   ¿Cuándo quedan? ____________________
2. ¿Dónde quedan Juan y Luis? ____________________

   ¿Quedan hoy o mañana? ____________________

   ¿Cuándo quedan? ____________________
3. ¿Carmen y Bea quedan hoy o mañana? ____________________

   ¿Dónde quedan? ____________________

   ¿Cuándo quedan? ____________________

5 Completa con los pronombres interrogativos que faltan.

Vervollständige die Fragen mit den passenden Fragepronomen. Einige Pronomen kannst du mehrmals verwenden. Denke auch an die Akzente!

1. ¿ ____________________ te llamas? — Me llamo Clara.
2. ¿ ____________________ quedas con los amigos? — Quedo con ellos mañana por la tarde.
3. ¿ ____________________ son las vacaciones para ti? — Para mí las vacaciones son el deporte y el sol.
4. ¿ ____________________ sois? — Somos de Barcelona.
5. ¿ ____________________ quedamos? — Quedamos en el centro comercial.
6. ¿ ____________________ tal? — Muy bien, gracias.
7. ¿ ____________________ paseas al perro? — Paseo a mi perro por la mañana y por la noche.

6 a) **Lee el texto y marca todos los verbos.** Lies den Text und markiere alle Verben der **-ar**-Konjugation mit einer Farbe und alle übrigen Verben mit einer anderen Farbe.

Hola, chicos, yo soy Omar y tengo 12 años.
Soy de Cardedeu y soy nuevo[1] en Madrid.
No tengo hermanos, pero tengo cuatro mascotas…
y amigos, ¡claro!
Por la tarde quedo con los amigos en el centro y hablamos.
También pasamos tiempo en el parque y paseamos a mi perro Copito. Mi amigo Raúl compra helados para todos[2] y Lucía y Miguel graban vídeos de Copito. ¡Pasar tiempo con los amigos es genial!
Y tú, ¿cómo pasas el tiempo con los amigos? ¿Dónde quedáis?

b) **Lee el texto otra vez y marca las terminaciones de los verbos en *-ar* con un color diferente.**
Lies den Text noch einmal und hebe die Endungen der Verben der **-ar**-Konjugation, die du gefunden hast, farbig hervor.

> **V** Schreibe die Formen von **hablar** in die Verbtabelle auf Seite 115.

7 **Jugad en parejas.** Spielt zu zweit „Schiffe versenken“. Jede/r schreibt vier „Schiffe“ verdeckt in die Tabelle:
- 1 Schiff bestehend aus vier neben- oder untereinander stehenden Verbformen
- 1 Schiff bestehend aus drei Verbformen
- 2 Schiffe bestehend aus jeweils zwei Verbformen

Versucht dann, alle Formen der anderen Person zu finden, indem ihr nach den konjugierten Verbformen fragt. Wer eine Form gefunden hat, macht ein Kreuz in das Kästchen und fragt weiter. Andernfalls ist die andere Person mit dem Fragen an der Reihe. Nur richtige Verbformen zählen!
Gewonnen hat, wer zuerst alle vier Schiffe des/der anderen gefunden hat.

*¿Tienes la forma **hablamos**?*

*No, no tengo la forma **hablamos**. ¿Tienes la forma **quedáis**?*

Sí, tocado[3] / hundido[4].

¿Tienes …?

	hablar	quedar	estudiar	grabar
yo	☐	☐	☐	☐
tú	☐	☐	☐	☐
él/ella	☐	☐	☐	☐
nosotros/-as	☐	☐	☐	☐
vosotros/-as	☐	☐	☐	☐
ellos/-as	☐	☐	☐	☐

[1]**nuevo/-a** neu [2]**todos** alle [3]**tocado** getroffen [4]**hundido** versenkt

8 **En parejas, haced el ejercicio tándem de la página 107.** Macht zu zweit die Tandemübung auf Seite 107.

9 **Lucía y Clara chatean. Completa el diálogo con las formas correctas de los verbos.**
Lucía und Clara chatten. Vervollständige den Dialog mit den richtigen Formen der Verben.

Clara: Hola, Lucía, ¿qué tal? ¿ (1) ____________________ (hablar, nosotras) hoy por la tarde?

Lucía: Hoy por la tarde no tengo tiempo... Miguel y yo (2) ____________________ (quedar) con Omar y Raúl en el parque.

Clara: Ah, ¿sí?

Lucía: Sí, y Omar (3) ____________________ (llevar) a Copito.

Clara: ¡Copito! ¡Genial! ¿ (4) ____________________ (grabar, tú) un vídeo de Copito para mí?

Lucía: Claro, (5) ____________________ (grabar) un vídeo para ti.

Clara: Y luego (6) ____________________ (pasar, vosotros) tiempo en el parque, (7) ____________________ (pasear) a Copito...

Lucía: ...y (8) ____________________ (comprar, nosotros) unos helados, sí. 🙂

Clara: Y nosotras, ¿cuándo (9) ____________________ (hablar) entonces?

Lucía: Hoy por la noche tengo tiempo, ¿y tú?

Lucía: ¡Yo también!

Clara: ¡Genial!

10 a) **¿Qué hacen los chicos y cuándo? Escribe frases.** Was machen die Kinder und wann?
Schreibe Sätze zu den Bildern und wähle für jede Uhrzeit die richtige Tageszeit.

1. 

Omar pasea al perro por la mañana.

2. 

____

3. 

____

4. 

____

5. 

____

6. 

____

b) **¿Y tú? Escribe tres frases.** Und du? Bilde selbst drei Sätze über dich (oder über deine Freunde oder Geschwister) mit den Verben auf **-ar**. Gib auch die Tageszeiten an.

____

____

____

11 En parejas, haced el ejercicio tándem de la página 108.

Macht zu zweit die Tandemübung auf Seite 108.

12 Ordena las partes del e-mail y relaciona los títulos.

Bringe die Teile der E-Mail in die richtige Reihenfolge und ordne jedem Teil den passenden Titel zu.

		• ¡Hasta mañana! Raúl
1. •	• Nachricht •	
2. •	• Verabschiedung •	• Hola, Omar:
3. •	• Betreff •	• rauldemadrid@quepasa.es
4. •	• Empfänger/in •	• ¿Quedamos mañana?
5. •	• Begrüßung •	• ¿Qué tal? Yo muy bien. Oye, ¿quedamos mañana? Tengo tiempo por la tarde y por la noche. ¿Quedamos en el centro y hablamos?

13 Lucía tiene un mensaje. Completa el texto con las palabras de la casilla.

Lucía bekommt eine Nachricht von ihrer deutschen Austauschpartnerin. Vervollständige den Text mit den Wörtern aus dem Kasten.

barrio • cine • con • grabo • la tarde • mascota • pasar • paseamos • se llama • también

Yo soy de un (1) ____________ en el centro de la ciudad de Braunschweig. Estudio y, por (2) ____________, juego[1] con mi (3) ____________. Es un perro y (4) ____________ Brus. Para mí es genial (5) ____________ tiempo en familia. Quedamos en el (6) ____________ o compramos un helado y (7) ____________ por el barrio. Los domingos[2] quedo (8) ____________ mis amigos en el parque. Paseamos al perro y (9) ____________ hablamos. ¿Y mi hermana? Pues con ella (10) ____________ vídeos, ¡es genial!

[1] **juego** ich spiele [2] **los domingos** sonntags

Audios:
WES-113727-036

Comprensión auditiva

1 Marca con una cruz los números que escuchas. Kreuze die Zahlen an, die du hörst.

1	2	3	4	5	6	7	8	9	10	11	12	13	14	15

2 ¿Cuándo hacen los chicos las actividades? Escucha y relaciona. Zu welcher Tageszeit machen die Jugendlichen die Aktivitäten? Höre zu und verbinde die Namen mit den richtigen Zeiten.

1. Lucía •
2. Miguel •
3. Raúl •
4. Clara •

• **A.** hoy por la tarde
• **B.** hoy por la noche
• **C.** mañana por la mañana
• **D.** mañana por la tarde

Expresión escrita

3 ¿Quién es Raúl? Escribe toda la información que sabes.
Wer ist Raúl? Schreibe alle Informationen auf, die du über ihn weißt.

Expresión oral

4 Formula las preguntas. Dein Freund Juan telefoniert, aber du kannst nur seine Antworten hören. Formuliere die entsprechenden Fragen und schreibe sie auf.

1. ¿ ?

— Juan.

2. ¿ ?

— Tengo 13 años.

3. ¿ ?

— Sí, hablo un poco de inglés.

4. ¿ ?

— Sí, tengo un perro y una tortuga.

5. ¿ ?

— Paseo a mi perro por la mañana y por la tarde.

6. ¿ ?

— Quedo con los amigos en el centro.

Comprensión lectora

5 Lee el e-mail y contesta a las preguntas. Lies die E-Mail, die Miguel von einem Schüler seiner Partnerschule bekommen hat, und beantworte die Fragen.

Para: miguel_garcia_serrano@quepasa.es
Asunto: Mi familia y yo

Hola, Miguel:
¿Qué tal? Mi nombre es Juan Segundo del Cerro, pero los amigos me llaman Juanse. Soy de Rosario, una ciudad del centro de Argentina, y tengo diez años. En mi familia somos cinco personas: mi padre Juan Manuel, mi madre Marcela y mis hermanos Felipe y Camila. Felipe tiene 12 años y es mi mejor amigo. Es genial y pasamos mucho tiempo juntos. Camila es pequeña, tiene solo cuatro años. Por la mañana, voy al instituto y, por la tarde, Felipe y yo quedamos con los amigos en el centro, en el parque o en el cine. Mi amiga Mabel tiene un perro, Ciro, y, a veces, jugamos con él. Los perros son geniales, pero en mi familia no tenemos mascota.
Hasta luego,
Juanse

1. ¿De dónde es Juanse? ______
2. ¿Cuántos años tiene? ______
3. ¿Cómo se llaman los hermanos de Juanse y cuántos años tienen? ______
4. ¿Dónde y cuándo queda con los amigos? ______
5. ¿Juanse tiene mascotas? ______
6. ¿Quién es Ciro? ______

Autoevaluación

Ist dir etwas gelungen, kreuze ✓ an. Fällt dir etwas noch schwer, kreuze ¿? an.

	Kompetenz	✓	¿?	Lerntipps
1 Comprensión auditiva	Ich kann die Zahlen von 0 bis 20 verstehen.			SB Seite 34: Aufgabe 4 SB Seite 35: Aufgabe 5
2 Comprensión auditiva	Ich kann verstehen, wann jemand etwas macht.			SB Seite 40-41: Aufgabe 3
3 Expresión escrita	Ich kann Informationen über andere geben.			SB Seite 42: Aufgabe 7
4 Expresión oral	Ich kann passende Fragen formulieren.			SB Seite 46-47: 1-4
5 Comprensión lectora	Ich kann Informationen in einer E-Mail finden.			SB Seite 32-33: Aufgabe 1 SB Seite 39: Aufgabe 1

Mi chuleta

Chuleta heißt übersetzt Spickzettel. Überlege dir, was du in Unidad 2 alles gelernt hast und fülle die Zettel aus. Die Seite kannst du anschließend nutzen, um dich auf die nächste Klassenarbeit vorzubereiten.

Das ist meine TOP 5 der neuen Wörter:

- ______
- ______
- ______
- ______
- ______

Dieses Wort schreibe ich oft falsch:

- ______

Das ist mir leichtgefallen:

- ______

Das muss ich noch üben:

- ☐ das Alter angeben (das Verb **tener**, die Zahlen bis 20)
- ☐ über meine Familie und Haustiere sprechen
- ☐ der unbestimmte Artikel **(un perro, una mascota, unos...)**
- ☐ Sätze verneinen
- ☐ mich verabreden (die Verben auf **-ar,** z. B. **quedar**)
- ☐ ______

Um die Aussprache von spanischen Wörtern zu trainieren, ...

- ☐ singe ich spanische Lieder.
- ☐ experimentiere ich mit meiner Stimme und spreche die Wörter in verschiedenen Stimmungen aus.
- ☐ sehe ich mir spanische Videos an.
- ☐ ______

1 **Rellena el crucigrama.** Fülle das Kreuzworträtsel mit den Begriffen für die abgebildeten Orte aus.

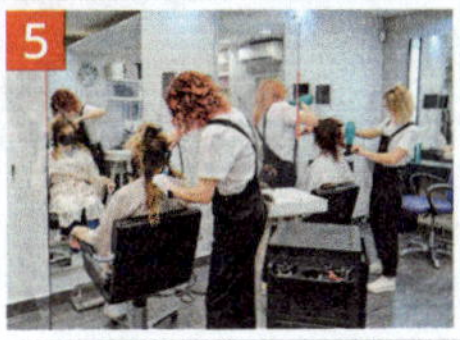

2 **Lee los textos de Raúl en el libro (página 52) y marca con una cruz la opción correcta.**
Lies noch einmal Raúls Texte im Buch (Seite 52) und kreuze das richtige Satzende an.

1. El barrio de Raúl se llama...

- a Cebada.
- b La Latina.
- c Santa Ana.

2. El teatro está en...

- a la plaza de la Cebada.
- b la Plaza Mayor.
- c el Mercado de la Cebada.

3. Los turistas siempre...

- a están en el teatro.
- b quedan en el mercado.
- c toman algo en los bares.

4. El mercadillo del Rastro es...

- a genial.
- b horrible.
- c popular.

3 **Un amigo de Omar vive en el barrio del Retiro. También presenta su barrio en una red social. Lee los *posts* y relaciona los textos con las fotos correspondientes.** Ein Freund von Omar wohnt im Stadtteil Retiro. Er stellt sein Viertel auch in einem sozialen Netzwerk vor. Lies die Beiträge und ordne die Texte den entsprechenden Fotos zu.

1 

2 

3 

4 

5 

☐ ¡Hola, chicos! Hoy presento mi barrio. Se llama Retiro y está en el centro de Madrid. En el barrio está el Parque del Retiro. Es muy popular.

☐ En el barrio hay cafeterías, bares, heladerías, restaurantes, tiendas… A veces, quedo con mi mejor amigo en el bar *Planeta* y tomamos un refresco.

☐ El museo *Casa de la Moneda* es muy popular. Allí siempre hay turistas porque son fans de la serie «La casa de papel».

☐ Además, en el barrio está la Puerta de Alcalá. Es una de las puertas antiguas[1] de la ciudad.

☐ Para mi padre, la Feria del Libro es genial. En la fiesta, autores de España presentan sus libros en las calles.

4 a) **Marca las formas conjugadas del verbo *estar*.**
Markiere in der Wortschlange die konjugierten Verbformen von **estar**.

eseres**estoy**sonestásestamossoyestánsomossoisestáestáis

> **V** Schreibe die Formen von **estar** in die Verbtabelle auf Seite 115.

b) **¿Qué otro verbo hay?** Welches andere Verb ist in der Schlange versteckt? Schreibe die Formen mit den passenden Personalpronomen auf.

____

[1] **la puerta antigua** *hier:* das alte Stadttor

5 **¿Dónde están las personas? Mira las fotos y escribe frases.**
Wo sind die Personen? Sieh dir die Fotos an und schreibe passende Sätze auf.

Clara y Lucía están en la playa. ______________________

Omar ______________________

Tú ______________________

Nosotros ______________________

Los padres de Lucía ______________________

Yo ______________________

Vosotras ______________________

6 **Lucía habla por teléfono con Clara. Completa el diálogo con las formas correctas de *estar*.**
Lucía telefoniert mit Clara. Ergänze den Dialog mit den richtigen Formen von **estar**.

Lucía: Buenos días, Clara. ¿Dónde (1) ______________?

Clara: Hola, Lucía. (2) ______________ en la playa de Cádiz con una amiga.

Lucía: ¿En la playa? ¡Genial! Miguel y yo (3) ______________ en una heladería en La Latina.

Clara: Ah, ¿ (4) ______________ en la heladería *Río*?
¿Raúl también (5) ______________ con vosotros?

Lucía: No, Raúl y Omar (6) ______________ en casa. Pero quedamos con ellos por la tarde.
Y tú, ¿dónde (7) ______________ por la tarde?

Clara: Por la tarde yo (8) ______________ en la biblioteca. Oye, ¿hablamos mañana, vale?

Lucía: Vale. ¡Hasta mañana!

Clara: ¡Hasta mañana!

Audio:
WES-113727-042

7

a) **Lee las frases y marca la opción correcta.**
Lies die Sätze und markiere die richtige Form.

> **El idioma**
> Denke daran: **de** + **el** = **del**.

1. En el parque también hay unos chicos **de / del / de la** insti.
2. El mercado **de / del / de la** mi barrio es genial.
3. Estamos en la casa **de / del / de los** amigos de mi madre.
4. Los refrescos son **de / del / de la** tienda.
5. Andrei es un amigo **de / del / de la** hermano de Lucía.
6. Hay una foto **de / de la / de las** chicas de mi instituto.

b) **Completa las frases con *del* o *de la*.** Vervollständige die Sätze mit **del** oder **de la**.

1. Es el perro ______________ padre de Tito.
2. Enfrente ______________ casa hay un cine.
3. ¿Dónde está el polideportivo ______________ barrio?
4. El gato ______________ familia Fernández se llama Romeo.
5. Al lado ______________ instituto está la heladería ______________ ciudad.
6. El perro está enfrente ______________ peluquería.

8

Escucha los tres diálogos. ¿Dónde están las mascotas? Marca con una cruz el lugar correcto.
Höre dir die drei Dialoge an und kreuze an, an welchem Ort die Haustiere sind.

1. El gato Sam está en…

A  B  C 

2. El perro Chispitas está en…

A  B  C 

3. El perro Cebollito está en…

A  B  C 

9 **¿Dónde está el gato? Completa las frases con la preposición correcta.**
Wo ist die Katze? Ergänze in den Sätzen die passende Ortspräposition.

al lado de • ~~en~~ • entre • debajo de • delante de • encima de • detrás de

1. El gato está *en* la caja[1].

2. El gato está ______ la caja.

3. El gato está ______ la caja.

4. El gato está ______ la caja.

5. El gato está ______ la caja.

6. El gato está ______ la caja.

7. El gato está ______ dos cajas.

10 a) **Escribe los nombres de las tiendas.** Sieh dir die Bilder an und beschrifte die Geschäfte.

b) **¿Dónde están las tiendas? Escribe frases.** Beschreibe, wo die Geschäfte sind und nutze die Ortspräpositionen aus dem Kasten. Schreibe möglichst viele Sätze.

entre • al lado de • a la izquierda de • a la derecha de

______

______

______

______

[1] **la caja** die Kiste

11 a) **Mira los dibujos y escribe frases. ¿Dónde está el elefante? ¿Y dónde está el pájaro?** Sieh dir die Bilder an und schreibe passende Sätze. Wo ist der Elefant und wo ist der Vogel?

el pájaro der Vogel	**la pizarra** die Tafel
el elefante der Elefant	**la mesa** der Tisch

1. El pájaro está ______
2. ______
3. ______
4. ______
5. ______

b) **Dibuja el elefante y el pájaro en el número 6 para tu compañero/-a. Él / ella escribe la frase correspondiente.** Male den Elefanten und den Vogel in das freie Kästchen. Dein Partner bzw. deine Partnerin schreibt den passenden Satz dazu auf.

______

12 a) **¿Dónde vive cada persona en esta casa? Lee las frases y completa la casa con los nombres de los chicos.** Wer wohnt wo? Lies die Sätze und trage die Namen an die richtigen Stellen im Bild ein.

Carlos | Jaime | Pilar | Alfredo | Manuela | Pablo | Felipe | Marta

1. Alfredo vive[1] encima de Pablo.
2. Jaime vive entre dos chicas.
3. Carlos vive debajo de un amigo.
4. Manuela vive debajo de Pablo.
5. Marta vive a la izquierda de Felipe.
6. Pilar vive al lado de un chico.
7. Isabel vive a la derecha de Pablo.

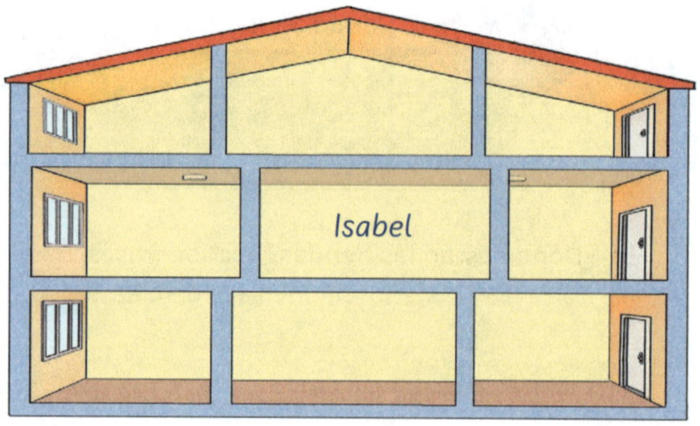

b) **¿Donde vive Carlos? Escribe frases.** Beschreibe, wo Carlos wohnt. Wie viele Sätze kannst du schreiben?

______

______

______

[1] **él/ella vive** er/sie wohnt

13 Tito va a Gijón para visitar a unos amigos. ¿Qué hay en la ciudad y dónde está? Tacha la forma incorrecta.

Tito besucht Freunde in Gijón. Was gibt es in der Stadt? Streiche die falsche Form in jedem Satz durch.

1. El parque del Cerro **está / hay** en el barrio Cimavilla.
2. En la playa de San Lorenzo **están / hay** veinte bares.
3. La estación **está / hay** en la Calle Sanz Crespo.
4. En el barrio Oeste **está / hay** una playa.
5. En el centro **están / hay** supermercados.
6. En el barrio El Carmen **está / hay** una iglesia[1].

14 Dos personas hablan en una calle en Madrid. Completa el diálogo con las formas correctas de *estar* y *hay*.

Zwei Personen reden auf der Straße in Madrid miteinander. Vervollständige den Dialog mit den richtigen Formen von **estar** und mit **hay**.

Carmen: Perdón, ¿(1) ____________ una panadería aquí cerca?

Pedro: ¿Una panadería? Sí, la panadería *Latina* (2) ____________ entre la biblioteca y la peluquería de Paco.

Carmen: Mmm, ¿y dónde (3) ____________ la biblioteca y la peluquería de Paco?

Pedro: (4) ____________ en la calle de Atocha.
También (5) ____________ un supermercado al lado.

Carmen: ¿(6) ____________ también una cafetería allí?

Pedro: Sí, sí, (7) ____________ una cafetería allí.
(8) ____________ enfrente de la biblioteca.

Carmen: Vale, muchas gracias. Adiós.

Pedro: ¡Adiós!

15 Tres chicos hablan de sus barrios y pueblos. Escucha. ¿Qué hay? Marca con una cruz.

Drei Jugendliche sprechen über ihre Stadtviertel und Dörfer. Höre zu und kreuze an, was es dort gibt.

	Marcos	Sofía	Enrique
quiosco			
panadería			
cine			
supermercado			
estación			
peluquería			

[1]**la iglesia** die Kirche

1 **¿Qué significan estas palabras? Dibuja.** Was bedeuten diese Wörter? Male die passenden Gegenstände.

la ventana	la mesa	la silla	el libro	el lápiz	el estuche

2 **Jugad en parejas o en grupos.** Spielt zu zweit, zu dritt oder zu viert das Dominospiel von Seite 109.

3 **¿Qué tiene Lucía en su mochila? Escribe frases. Puedes usar un diccionario.**
Was hat Lucía in ihrem Rucksack? Schreibe Sätze. Du kannst ein Wörterbuch benutzen.

4 a) **Lee las palabras. ¿Qué significan?** Lies die Wörter. Was könnten sie bedeuten?
Schreibe deine Vermutungen in die mittlere Spalte.

en español	¿?	en alemán
la carta		
el gimnasio		
el camino		
el mapa		
el compás		
la labor		
el regalo		

b) **Busca las palabras en el diccionario.** Suche die Wörter im Wörterbuch.
Schreibe ihre Übersetzung in die rechte Spalte.

c) **¿Qué son los «falsos amigos»?** Waren deine Vermutungen richtig?
Kannst du jetzt erklären, was sogenannte „falsche Freunde" sind?

5 a) **Lee otra vez el texto de la página 60 del libro y ordena las frases según el texto.**
Lies erneut den Text auf Seite 60 im Schulbuch und ordne die Sätze nach ihrer Reihenfolge im Text. Wie lautet das Lösungswort?

Reihenfolge:	1.	2.	3.	4.	5.	6.
Buchstabe:						

A Omar no tiene el cuaderno con los deberes.
E La profesora entra en la clase.
N Lucía no comprende cuándo es el examen.
X Omar no responde en español.
E Lucía tiene una pregunta.
M Raúl y Omar comparten el cuaderno.

Lösungswort: ____________

b) **Busca la frase en español en el texto.**
Suche den entsprechenden Satz auf Spanisch im Text und schreibe ihn auf.

Good morning! ____________

The test is going to be next week. ____________

6 a) **Escucha los cuatro diálogos y relaciona cada uno con el título correspondiente.**
Höre dir die vier Dialoge an und verbinde jeden Dialog mit dem passenden Titel.
Ein Titel bleibt übrig.

- Diálogo 1 •
- Diálogo 2 •
- Diálogo 3 •
- Diálogo 4 •

- • En una oficina de turismo[1]
- • En un instituto
- • En una peluquería
- • En un bar
- • Una llamada telefónica[2]

b) **Escucha otra vez.** Höre dir die Dialoge erneut an.
Duzen oder siezen sich die Personen? Kreuze an.

	duzen	**siezen**
Dialog 1		
Dialog 2		
Dialog 3		
Dialog 4		

El idioma

Wenn man sich im Spanischen siezt, nutzt man dafür die 3. Person Singular bzw. Plural. Die entsprechenden Personalpronomen sind **usted** und **ustedes**.

[1]**la oficina de turismo** die Touristeninformation [2]**la llamada telefónica** das Telefongespräch

7 **Completa la tabla.** Vervollständige die Tabelle.

V Schreibe die Formen von **comprender** und **compartir** in die Verbtabelle auf Seite 115.

	entrar	comer			escribir
(yo)					
(tú)		*comes*			
(él / ella)	*entra*				
(nosotros/-as)				*abrimos*	
(vosotros/-as)					*escribís*
(ellos / ellas)			*leen*		

8 a) **Completa las frases con las formas correctas de los verbos en *-ar*.**
Vervollständige die Sätze mit den richtigen Formen der **-ar**-Verben.

1. Los alumnos ______________________ (entrar) en la clase.
2. Lucía ______________________ (necesitar) una carpeta para la clase de Inglés.
3. ¿Qué ______________________ (buscar, tú), Omar?
   – ______________________ (buscar, yo) mi cuaderno de Inglés.
4. Mi amiga y yo siempre ______________________ (sacar) fotos de mi mascota.
5. Vosotros ______________________ (tomar) un refresco en la cafetería, ¿no?
6. Ahora ______________________ (presentar, yo) mi barrio.

b) **Completa las frases con las formas correctas de los verbos en *-er* e *-ir*.**
Vervollständige die Sätze mit den richtigen Formen der **-er**- und **-ir**-Verben.

1. ¿Vosotros no ______________________ (leer) libros?
2. Mi amigo y yo ______________________ (comer) bocadillos durante el recreo.
3. Carlos, ¿tú ______________________ (comprender) los deberes?
4. Lili siempre ______________________ (responder) en inglés.
5. Lucía no ______________________ (abrir) la ventana.
6. Omar ______________________ (leer) el texto en inglés.
7. Los profes siempre ______________________ (escribir) en la pizarra.
8. Hoy ______________________ (compartir, yo) mi bocadillo con mi hermano.

9 **¿Qué pasa en el instituto? Forma por lo menos ocho frases.** Bilde mindestens acht Sätze.

(yo) (tú) Lucía / Omar / Raúl El alumno / La alumna El profesor / La profesora (nosotros/-as) (vosotros/-as) Los alumnos / Las alumnas Los profesores	(no)	abrir comer compartir comprender entrar escribir estudiar leer necesitar responder	en español. en la clase. un examen. un lápiz. la puerta. un bocadillo. la pregunta. el estuche. el mensaje. el libro.

Entráis en la clase.

10 a) **Busca para cada verbo al menos dos combinaciones y escríbelas en la tabla.**
Suche für jedes Verb mindestens zwei Kombinationen und trage sie in die Tabelle ein.

abrir	un cuaderno
comprender	un helado
necesitar	un libro
escribir	una ventana
leer	un texto
comprar	un mensaje

abrir	comprender	necesitar	escribir	leer	comprar
un cuaderno					

b) **Escribe una frase con cada uno de los verbos.** Schreibe zu jedem Verb einen Satz auf.
Nutze unterschiedliche Personalpronomen.

11 **En parejas, haced el ejercicio tándem de la página 111.** Macht zu zweit die Tandemübung auf Seite 111.

Audios:
WES-113727-050

12 En casa, Raúl habla con su madre sobre sus nuevos profesores. ¿Cómo se llaman?

Escucha y relaciona. Zu Hause spricht Raúl mit seiner Mutter über seine neuen Lehrerinnen und Lehrer. Höre zu und verbinde die Vornamen mit den Nachnamen.

1. María •	• **A.** Santos García
2. Luis •	• **B.** Sánchez Soza
3. Pablo •	• **C.** Almeida Gómez
4. Laura •	• **D.** Fernández Brown
5. Fátima •	• **E.** Méndez Díaz
6. Carlos •	• **F.** Jiménez Ruiz

13

a) **¿Qué días de la semana son? Completa las palabras con los vocales. ¡Ojo con las tildes!** Welche Wochentage sind gesucht? Vervollständige die Wörter mit den fehlenden Vokalen. Denke an die Akzente!

1. J ___ ___ V ___ S
2. D ___ M ___ N G ___
3. L ___ N ___ S
4. V ___ ___ R N ___ S
5. S ___ B ___ D ___
6. M ___ R T ___ S
7. M ___ ___ R C ___ L ___ S

b) **Escribe los días de la semana en el orden correcto.** Schreibe die Wochentage in der richtigen Reihenfolge (von Montag bis Sonntag) auf.

____

____

____

c) **Escucha y canta.** Höre zu und singe mit.
Achtung: Das Lied wird immer schneller!

14 Completa el texto y describe tu día favorito en el instituto.

Vervollständige den Text und beschreibe deinen Lieblingstag in der Schule.

Mi día favorito en el instituto es el ______________________ porque[1] tengo clases de

____.

Además, tengo ______________ recreos. En el recreo ______________________

____.

[1]**porque** weil

15 **¿Qué actividades hay en el instituto?** Stelle dir vor, du bist in deiner Austauschschule in Spanien und stehst vor dem Programm mit den AGs. Ein deutscher Freund, mit dem du gerade telefonierst, möchte wissen, welche AGs du ihm empfiehlst. Beschreibe ihm, welche AGs es gibt und wann sie stattfinden. Er hat montags, dienstags und mittwochs Zeit und interessiert sich besonders für Sprachen, Fantasy-Bücher und Fußball.

Lunes por la tarde
Club de lectura en el aula 17
Música y rap en el aula 5
Fútbol en el campo de fútbol

Martes por la tarde
Club de idiomas en el aula 2
Club de vídeo en la sala de audio y vídeo
Club de juegos en el sótano del pabellón A

Miércoles por la tarde
Club de inglés en el aula 2
Club de ajedrez en el sótano del pabellón A
Club de baile en el gimnasio

Jueves por la tarde
Club de fotografía en la sala de audio y vídeo
Club de química en el aula 9
Fútbol en el campo de fútbol

Viernes por la tarde
Fútbol en el campo de fútbol
Música clásica en el aula 5

16 **¿Qué dice la profesora y qué dice la alumna?** Was könnte die Lehrerin und was könnte die Schülerin sagen? Denke dir den Text für die Sprechblasen aus und stelle deinen Comic in der Klasse vor.

Audio:
WES-113727-052

Comprensión auditiva

1 Miguel está en el instituto. Escucha y marca con una cruz las respuestas correctas.
Miguel ist in der Schule. Höre zu und kreuze die richtigen Antworten an. Insgesamt musst du fünf Kreuze machen.

		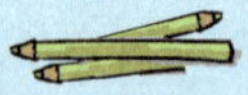			
1. ¿Dónde escribe la profesora?					
2. ¿Dónde escriben los alumnos?					
3. ¿Qué tiene Miguel en la mochila?					
4. ¿Qué está en casa?					

Expresión oral

2 Formula las frases y preguntas. Es ist der erste Tag an deiner neuen Schule. Formuliere die Sätze und Fragen. Was sagst / fragst du, wenn du…

1. wissen möchtest, wo das Sportzentrum ist?

2. sagen möchtest, dass Englisch dein Lieblingsfach ist?

3. wissen möchtest, ob es in der Nähe einen Supermarkt gibt?

4. sagen möchtest, dass dein Haus gegenüber vom Museum ist?

5. sagen möchtest, dass du die Hausaufgaben nicht verstehst?

6. sagen möchtest, dass du in den Pausen immer ein Brötchen isst?

Expresión escrita

3 Tu compañero de intercambio quiere saber cómo es tu instituto ideal. ¿Cómo es y qué hay? Escribe un e-mail. Puedes usar un diccionario. Dein Austauschpartner möchte wissen, wie deine Traumschule ist. Was gibt es und wo ist es? Beschreibe es ihm in einer E-Mail und nutze, wenn nötig, ein Wörterbuch. Du kannst zum Beispiel über die Unterrichtsfächer, Pausen und die verschiedenen Räume schreiben.

Comprensión lectora

4 ¿Dónde hablan las personas? Lee los diálogos y escribe los títulos correctos en las líneas. Ojo: Dos lugares sobran. Wo unterhalten sich die Personen? Lies die Dialoge und schreibe die passenden Überschriften darüber. Achtung: Zwei Orte bleiben übrig.

En una biblioteca | En una cafetería | En casa | En clase | En un cine | En una fiesta | En un mercadillo | En una panadería | En un supermercado

1. ____________________________________
Profe, tengo una pregunta. ¿Cuándo tenemos el examen? – El examen es el jueves. – Vale. ¡Gracias!

2. ____________________________________
Hola, dos refrescos y un bocadillo, por favor. – Muy bien. Son seis euros. Ahora llevo los refrescos y el bocadillo a la mesa. – ¡Gracias!

3. ____________________________________
Hola, Clara. ¿Qué tal? – Muy bien. La música es genial, ¿no? – Sí, ¡es genial!

4. ____________________________________
¡Ay, mira, aquí hay juegos! – ¡Qué guay! ¿Compramos? – Sí. Yo compro estos dos.

5. ____________________________________
Mamá, ¿dónde está mi cuaderno de Inglés? – ¿Tu cuaderno de Inglés? Está en tu mochila. – Ah sí, claro. ¿Y cuándo comemos? – Ahora.

6. ____________________________________
Perdón, ¿dónde tienen los helados? – ¿Los helados? Están aquí a la izquierda, al lado de los refrescos. – Muy bien, gracias.

7. ____________________________________
Hola, Lucía. – Hola, Omar. ¿También buscas información para la clase de Historia? – Sí. Y, además, estudio para el examen de Inglés… – ¡Uff! – ¡Shhhh!

Autoevaluación

Ist dir etwas gelungen, kreuze ✓ an. Fällt dir etwas noch schwer, kreuze ¿? an.

	Kompetenz	✓	¿?	Lerntipps
1 Comprensión auditiva	Ich kann Informationen heraushören.			Höre dir die Audios aus *Unidad* 3, *Parte* B noch einmal an.
2 Expresión oral	Ich kann die deutschen Aussagen und Fragen auf Spanisch formulieren.			SB Seite 66-67: 1-4
3 Expresión escrita	Ich kann in einer E-Mail meine Traumschule beschreiben.			SB Seite 62-63: Aufgabe 9
4 Comprensión lectora	Ich kann Dialoge den passenen Orten zuordnen.			SB Seite 50-51: Aufgabe 1-4 SB Seite 52-53: Aufgabe 1

3 Mi chuleta

Chuleta heißt übersetzt Spickzettel. Überlege dir, was du in Unidad 3 alles gelernt hast und fülle die Zettel aus. Die Seite kannst du anschließend nutzen, um dich auf die nächste Klassenarbeit vorzubereiten.

Das ist meine TOP 5 der neuen Wörter:

- ______
- ______
- ______
- ______
- ______

Dieses Wort schreibe ich oft falsch:

- ______

Das ist mir leichtgefallen:

- ______

Das muss ich noch üben:

- [ ] sagen, was es in einem Stadtviertel gibt (das Verb **hay**)
- [ ] das Verb **estar**
- [ ] die Ortspräpositionen (**delante de, enfrente de,** ...)
- [ ] über die Schule und den Stundenplan sprechen
- [ ] die Verben auf **-er** und **-ir** (z. B. **leer** und **escribir**)
- [ ] ______

Neue Vokabeln lerne ich ...

- [ ] mit den Wortlisten aus dem Schulbuch.
- [ ] mit Klebezetteln, die ich an den entsprechenden Gegenständen befestige.
- [ ] mit einem *red de palabras*, in dem ich die Wörter sammele.
- [ ] mit einem dazu passenden Beispielsatz.
- [ ] ______

1 Busca los diez miembros de la familia. Márcalos y escríbelos con el artículo determinado.

Suche die zehn Familienmitglieder. Markiere die Wörter und schreibe sie mit dem bestimmten Artikel auf.

W	H	I	J	O	L	E	I	N	O	V	I	A	N	I	P
U	E	J	U	N	A	G	B	B	K	H	S	S	G	T	K
G	R	Z	H	A	B	U	E	L	O	S	E	A	O	Í	U
L	M	A	M	T	Z	C	L	Z	A	E	U	D	V	O	D
O	A	S	A	V	A	I	Y	U	S	R	M	F	D	S	A
F	N	V	B	B	S	K	P	R	I	M	A	G	Í	H	G
C	O	L	U	U	I	U	R	Y	Z	I	D	H	H	R	L
H	X	I	E	K	X	Z	R	Q	U	N	R	B	T	Í	A
F	G	P	L	I	V	S	D	U	X	A	E	C	E	D	L
A	T	P	A	D	R	E	S	L	P	K	B	A	D	E	X

____

____

2 ¿Quién es quién? Completa las frases.

1. El padre de mi padre es mi ______________________.
2. La hija de mi tía es mi ______________________.
3. Es una hija de tus padres, pero no eres tú. Es tu ______________________.
4. La hermana de mi padre es mi ______________________.
5. El hijo de mi madrastra es mi ______________________.
6. La hija de mis abuelos es mi ______________________.
7. Los hijos de mi tío son mis ______________________.

3 ¿Cómo es la familia de Copito? Mira el árbol genealógico de Copito y describe a su familia.

Wer gehört zu Copitos Familie? Sieh dir den Stammbaum an und beschreibe seine Familie.

Ejemplo: Las hermanas de Copito se llaman... Salchicha es el... de Copito. ...

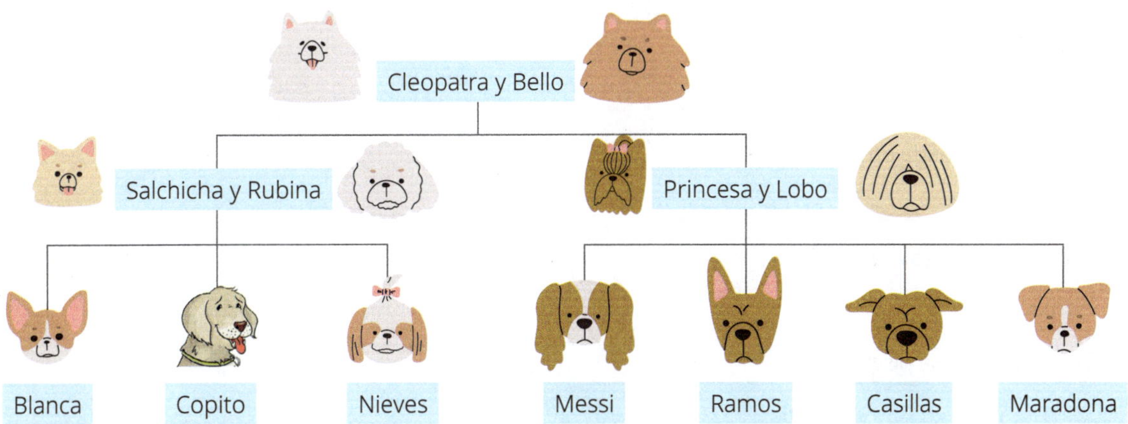

Audio:
WES-113727-056

4 *¿Quién* o *quiénes*? Escribe preguntas para las respuestas.

Frage nach den unterstrichenen Personen und entscheide, ob du **¿quién?** oder **¿quiénes?** in der Frage benutzen musst.

1. ¿ Quién compra un helado ? – Miguel compra un helado.
2. ¿ ______ ? – Copito es el perro de Omar.
3. ¿ ______ ? – En el aula están Lucía, Omar, Yolanda y Raúl.
4. ¿ ______ ? – Farid y Nadia son los padres de Omar.
5. ¿ ______ ? – Mi profesora de Inglés es María.
6. ¿ ______ ? – Los chicos de *¿Qué pasa?* hablan español.

5 Lee otra vez el texto de la página 76 del libro y relaciona. Una frase sobra.

Lies noch einmal den Text auf Seite 76 im Buch und verbinde die Satzteile miteinander. Ein Satzende bleibt übrig.

1.	2.	3.	4.	5.	6.	7.
C						

1. La vida de Yolanda en España es...
2. Yolanda tiene una foto del...
3. Cristina es una profesora...
4. Javier es una persona...
5. Para Yolanda las clases son...
6. El hermano de Salomé va al...
7. Los hermanos de Yolanda van al...

- **A.** estricta.
- **B.** interesantes.
- **C.** diferente.
- **D.** mercadillo.
- **E.** Estadio Bernabéu.
- **F.** cine.
- **G.** fáciles.
- **H.** tranquila.

6 ¿Quién es Yolanda? Escucha qué cuenta y contesta a las preguntas.

Wer ist Yolanda? Höre zu, was sie über sich erzählt, und beantworte die Fragen.

1. ¿De qué ciudad es Yolanda?

______

2. ¿Dónde está la casa de Yolanda?

______

3. ¿Qué hace[1] Yolanda en los recreos?

______

4. ¿Dónde quedan Yolanda y los amigos?

______

5. ¿Con quién va a la piscina?

______

[1] **él/ella hace** er/sie macht

7 a) **La ciudad de Yolanda tiene diferentes nombres. En grupos de tres, leed los tres nombres e investigad en Internet.** Yolandas Heimatstadt hat verschiedene Beinamen. Arbeitet zu dritt: Jede/r recherchiert für einen Namen, warum man die Stadt Medellín so nennt. Präsentiert anschließend euer Ergebnis in der Gruppe.

La Ciudad de la Eterna Primavera[1] | La Ciudad de las Flores[2] | La Capital[3] de la Montaña

b) **¿Cuál puede ser un buen nombre español para vuestra ciudad?** Was könnte ein guter Beiname für eure Stadt auf Spanisch sein? Überlegt in der Gruppe und stellt euren Vorschlag in der Klasse vor.

8 a) **Sebastián Yatra es una persona popular de Colombia. Lee el texto y marca todo lo que entiendas.** Lies den Text und markiere alles, was du verstehst.

Sebastián Yatra – un cantante colombiano

Sebastián Obando Giraldo, más conocido como Sebastián Yatra, nace el 15 de octubre de 1994 en Medellín, Colombia. Es hijo de Aníbal y María Adelaida y tiene dos hermanos, Andrés y Juan Manuel. Sebastián es el hijo pequeño. En 1999, la familia se muda a Miami y él continúa los estudios en el colegio y empieza estudios musicales. Sebastián Yatra habla tres idiomas: francés, inglés y español.

Sebastián lanza su primera canción «El psicólogo» en 2013 y es publicada en Estados Unidos, Colombia, Venezuela y Ecuador. En 2016, firma con *Universal Music Latino*, y lanza «Traicionera». Con esta canción, él es nominado a diferentes premios y es conocido en otros países, como España y Portugal. En el año 2017, Sebastián participa en varias colaboraciones con otros artistas, como Carlos Vives o Wisin. En 2021 lanza el hit «Pareja del año» con Myke Towers y debuta en el *Top 200 global* de Spotify. En este mismo año, graba la canción «Dos Oruguitas», también en inglés «Two Oruguitas», para la película *Encanto* de Disney. Desde el 2023 y hasta el presente, Sebastián gana un Grammy Latino por su nuevo disco «Dharma» y hace una gira mundial. Dos parejas conocidas de Sebastián son Tini Stossel, cantante argentina, y Aitana, cantante española.

b) **Haz una tabla.** Schreibe die Tabelle in dein Heft und fülle sie aus. Versuche, die Bedeutung unbekannter Wörter herauszufinden und notiere in der mittleren Spalte, welche Arbeitstechnik dir geholfen hat.

palabra nueva	estrategia	significado en alemán
un cantante	...	...

c) **Marca con una cruz la opción correcta.** Kreuze das richtige Satzende an.

1. Sebastián es de...
   - a Bogotá.
   - b Medellín.
   - c Miami.

2. Sebastián habla...
   - a español, francés e inglés.
   - b español e inglés.
   - c español, italiano y francés.

3. La primera canción es...
   - a del año 1999.
   - b del año 2013.
   - c del año 2016.

4. La canción «Dos Oruguitas» es de la película...
   - a *Dharma.*
   - b *Pareja del año.*
   - c *Encanto.*

[1] **la primavera** der Frühling [2] **la flor** die Blume [3] **la capital** die Hauptstadt

9 Lee las frases y marca la opción correcta. Lies die Sätze und markiere die richtige Option.

1. Las clases son **moderna / modernos / modernas**.
2. La amiga de Yolanda es **creativa / creativo / creativas**.
3. Los alumnos son **inteligente / inteligentes**.
4. Los deberes son **difícil / difíciles**.
5. Mi familia es **maja / majas / majo**.
6. Mis padres son **estrictos / estrictas / estricta**.

10 a) **Forma los seis adjetivos y escríbelos en las líneas.**
Bilde aus den Silben sechs Adjektive und schreibe sie auf.

do | nue | tran | cil | co | vo | pá | fí | ti | pe | lo | sa | di | gran | de | qui | sim

____

____

b) **Completa las frases con el verbo *ser* y los adjetivos del ejercicio a). Fíjate en las terminaciones de los adjetivos.** Vervollständige die Sätze mit dem Verb **ser** und den Adjektiven von Aufgabe a). Achte auf die Adjektivendungen!

1. El examen *es* ______________________.
2. Mi compañera ______________________.
3. Mis profesores ______________________.
4. Tú ______________________.
5. El estadio ______________________.
6. Vosotras ______________________.

11 ¿Cómo son las personas? Lee el texto. Después, mira los dibujos y coloréalos.
Wie sehen die Personen aus? Lies die Personenbeschreibungen und male die Bilder entsprechend an.

Sara tiene cuarenta años y tres hijos. Lleva un jersey azul. Tiene el pelo corto y castaño y los ojos verdes.
Su hijo, Nicolás, también tiene el pelo castaño. Los ojos de Nicolás son marrones. Lleva una camiseta roja.
Su hija, Julia, tiene el pelo largo y rubio y los ojos azules. Lleva una falda verde.
Luisa, la hermana pequeña de Julia y Nicolás, es pelirroja y tiene los ojos verdes.
La familia tiene un gato. Se llama Simba y es gris. También tiene los ojos verdes.

12 a) **Mira el dibujo. ¿Cómo son los amigos de Yolanda de Colombia? Descríbelos.**
Auf dem Bild siehst du einige Freundinnen und Freunde von Yolanda aus Kolumbien. Beschreibe ihr Aussehen. Die Redemittel auf Seite 79 im Schulbuch helfen dir.

b) **En parejas, preguntáos por vuestros familiares y contestad.** Fragt euch zu zweit nach euren Familienmitgliedern und beschreibe Aussehen und Eigenschaften der Person (mindestens drei Punkte). Wechselt euch mit dem Fragen und Antworten ab.

¿Cómo se llama tu tío y cómo es?

Mi tío se llama Niklas. Es rubio, lleva gafas y es muy simpático. ¿Cómo se llama tu prima y cómo es?

13 **¿De quién son las cosas y de qué color son? Escribe frases como en el ejemplo.**
Wem gehören die Sachen und welche Farben haben sie?
Löse das Rätsel und schreibe Sätze wie im Beispiel auf.

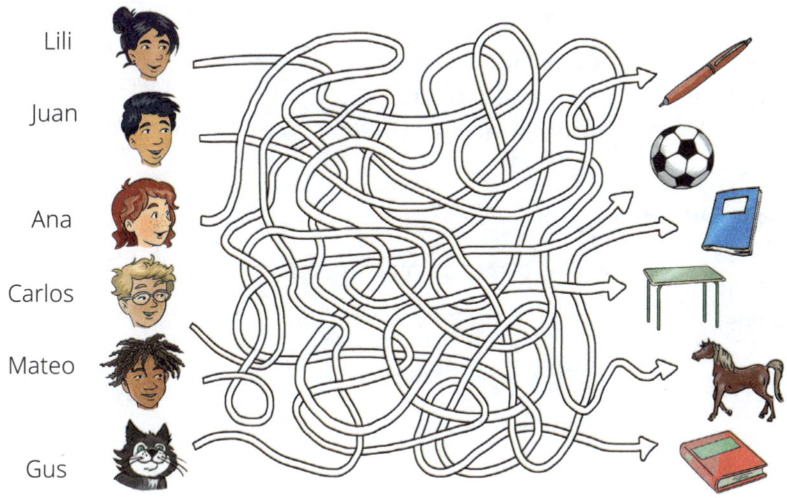

1. ______
2. ______
3. ______
4. ______
5. ______
6. *La pelota[1] de fútbol de Gus es blanca y negra.*

[1] **la pelota** der Ball

Audio: WES-113727-060

14 **¿Cómo es la familia de Omar? Escucha y completa la tabla.** Wie ist Omars Familie? Höre zu und trage die fehlenden Informationen in die Tabelle ein.

nombre	pelo	ojos	personalidad
Copito	----	----	
Nadia	----		*tranquila,*
Farid			
Mohamed	----	----	*simpático,*
Imane		----	
Latifa		----	
Naím		----	

15 **¿*A*, *al* o *a la*? Completa las frases.** Setze in die Lücken die Präposition **a** mit oder ohne Artikel ein. Denke daran: **a + el = al**.

1. En verano vamos ____________ Ribadesella.
2. Los chicos van ____________ instituto.
3. Cristina va ____________ peluquería.
4. Yolanda va ____________ piscina los martes.
5. ¿Vais ____________ cine el domingo?
6. Voy ____________ Madrid el sábado.
7. ¿Cuándo vas ____________ supermercado?
8. Julia va ____________ tienda.

16 **Tito habla con sus amigas Marta y María. Completa el diálogo.** Tito spricht mit seinen Freundinnen Marta und María. Vervollständige den Dialog mit **ir** und trage in die blauen Kästchen **a**, **al** oder **a la** ein.

V: Schreibe die Formen von **ir** in die Verbtabelle auf Seite 116.

Marta: Hola, Tito. ¿Qué tal? ¿Adónde (1) ______________?

Tito: ¡Hola! (2) ______________ [ ] centro porque necesito un cuaderno para el insti. Y vosotras, ¿adónde (3) ______________?

María: Nosotras (4) ______________ [ ] heladería y luego (5) ______________ [ ] casa de Marta y estudiamos inglés.

Marta: Sí, mañana tenemos un examen.

Tito: ¿Por qué no (6) ______________ [ ] playa mañana por la tarde? Mis amigos Julio y Victoria también (7) ______________. Son muy simpáticos.

Marta: Sí, ¡genial! ¿(8) ______________ (nosotras), María?

María: ¡Claro! ¿Cuándo (9) ______________ (vosotros)?

Tito: Julio y Victoria (10) ______________ [ ] playa a las cuatro de la tarde y yo (11) ______________ a las cuatro y media.

Marta: Muy bien. ¡Hasta mañana, entonces!

Tito: ¡Hasta mañana!

1 **Lee el texto de la página 82 en el libro y marca con una cruz si las frases son verdaderas (v) o falsas (f). Escribe también las líneas en las que encuentras la información.** Lies den Text auf Seite 82 im Buch und kreuze an, ob die Sätze wahr (v) oder falsch (f) sind. Notiere auch die Zeilen, in denen du die Information findest.

	v	f	línea(s)
1. Raúl celebra[1] su cumpleaños en el parque.	x		1
2. Yolanda no está en la fiesta.			
3. Rosa vive en casa de Raúl.			
4. Los tíos de Raúl tienen dos hijas.			
5. Carlos y Laura tienen un perro.			
6. El regalo de Lucía y Omar está en casa.			

2 **Mira el dibujo: Es el cumpleaños de Marina, la chica pelirroja. ¿Cómo celebra su cumpleaños? ¿Quiénes están en la fiesta y qué hay? Forma frases.** Wie feiert Marina ihren Geburtstag? Bilde Sätze.

3 **Escribe los sustantivos en la línea correcta.** Schreibe die Substantive in die richtige Zeile.

abuelos • chucherías • cumpleaños • compañera • platos • regalo • gafas • prima • plan • piscina • camiseta • novias • hijos • tío

1. mi, tu, su, nuestro, vuestro, su: __________

2. mi, tu, su, nuestra, vuestra, su: __________

3. mis, tus, sus, nuestros, vuestros, sus: __________

4. mis, tus, sus, nuestras, vuestras, sus: __________

[1]**celebrar** feiern

Audio:
WES-113727-062

4 **Salomé, la amiga de Yolanda, habla de su familia. Completa el texto con los determinantes posesivos.**
Salomé, Yolandas Freundin, spricht über ihre Familie. Ergänze im Text die passenden Possessivbegleiter.

mi • mis • su (2x) • sus • nuestro • nuestra • nuestros (2x)

Me llamo Salomé y Yolanda es (1) ______________ mejor amiga. Tengo una familia grande.
Tengo tres hermanos. (2) ______________ hermanas tienen 16 y 14 años. Vivimos con
(3) ______________ padres y con (4) ______________ gatos en Medellín.
(5) ______________ hermano tiene 22 años y vive con (6) ______________ amigos
en un piso en el centro de la ciudad.
(7) ______________ prima Natalia vive con (8) ______________ madre en Bogotá.
El padre de Natalia vive con los hijos de (9) ______________ pareja en Cali.

5 a) **Alba habla con su amigo Diego de su familia. Mira el árbol genealógico, escucha y completa con los nombres.** Alba spricht mit ihrem Freund Diego über ihre Familie. Höre zu und vervollständige den Stammbaum mit den Namen. Sieh dir den Stammbaum und die Namen vorher genau an.

~~Alba~~ · ~~Andrés~~ · Ana · Antonio · Carlos · Esther · Guadalupe (2x) · Juan · Nicolás · Paula · Ricardo · ~~Teresa~~

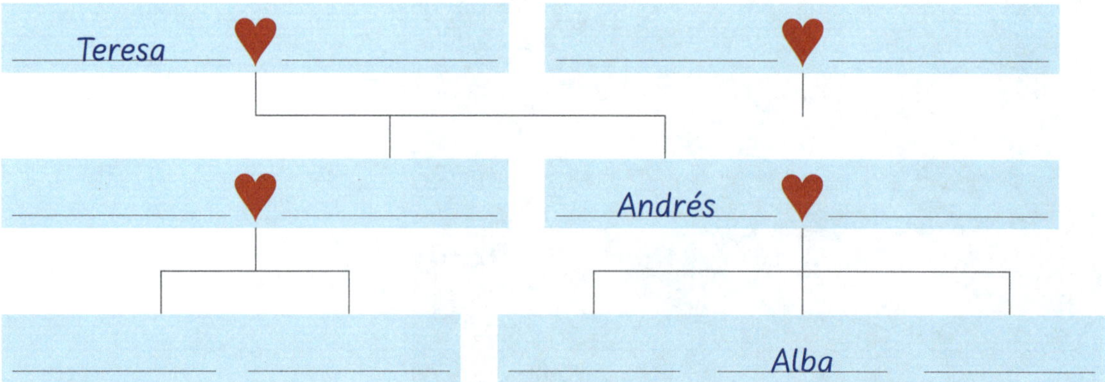

b) **Completa las frases con el nombre correcto.** Ergänze die Sätze 1-3 mit den richtigen Namen. Denke dir drei weitere Sätze für deinen Partner / deine Partnerin aus und schreibe sie auf.

1. Soy el hijo de Antonio y Paula. Soy ______________________.
2. Me llamo como[1] una de mis hijas. Soy ______________________.
3. Nuestra prima se llama Alba. Somos ______________________.
4. ____
   Soy / Somos ______________________.
5. ____
   Soy / Somos ______________________.
6. ____
   Soy / Somos ______________________.

[1] **como** wie

6 **Juana tiene muchas preguntas sobre el cumpleaños de su hijo Raúl. Completa sus preguntas con *¿cuánto/-a?* o *¿cuántos/-as?*** Juana stellt vor Raúls Geburtstag viele Fragen und möchte wissen, wie viel sie planen muss. Setze das Fragewort **¿cuánto/-a?** ein und achte auf die Angleichung an das Substantiv.

1. ¿ ______________________ amigos hay mañana en la fiesta?
2. ¿ ______________________ personas hay en total?
3. ¿ ______________________ tarta comemos?
4. ¿ ______________________ chucherías compramos?
5. ¿ ______________________ platos necesitamos?
6. ¿ ______________________ sillas llevamos al parque?
7. ¿ ______________________ tiempo estamos en el parque?

7 **Juan le hace preguntas a Antía sobre su nuevo insti. Lee las respuestas y escribe las preguntas.** Schreibe die passenden Fragen zu den Antworten auf.

1. ____ – En clase somos 15 chicos y 12 chicas.
2. ____ – Tengo dos clases de Alemán a la semana.
3. ____ – Tengo dos recreos.
4. ____ – Tengo cuatro profesores nuevos.
5. ____ – Tengo nueve asignaturas.
6. ____ – Estudio una hora por la tarde.

8 **En parejas, leed el texto sobre Clara. Después, preguntad y contestad como en el ejemplo.** Lest zu zweit den Text über Clara. Fragt und antwortet anschließend wie im Beispiel.

Ejemplo: ¿Quién es Clara?
Clara es la prima de Lucía y Miguel.

¿Cómo...? | ¿Cuántos/-as...? | ¿Qué...? | ¿Adónde...? | ¿Quién/es...? | ¿...?

Clara es la prima de Lucía y Miguel. Tiene 13 años y vive con su madre y sus dos hermanos en Cádiz. Sus hermanos se llaman Carolina y Alfonso. El padre de Clara no vive en Cádiz.
El instituto de Clara no es muy grande. Su aula es pequeña, pero hay 15 alumnos y 17 alumnas en su clase.
Ahora es el recreo y Clara está en el patio con Susana. Susana es una compañera de Clara. Las amigas hablan de un profesor nuevo. Se llama Iván y es profesor de Inglés y Música. Es alto, tiene el pelo corto y tiene 38 años. Es simpático, pero también es un poco estricto.
Por la tarde, Clara y Susana van con unos compañeros a la playa cerca de la casa de Clara. En la playa hay una fiesta de cumpleaños de una amiga. ¡Qué guay!

Audio:
WES-113727-064

9 a) **Busca los números.** Suche die Zahlen in der Wortschlange und trenne sie mit Strichen voneinander ab.

trochentatrecuarentaycincosodveintidósuplochentaytresdiptreintazusesentayseislotnoventazacienoy

b) **Escribe los números con cifras.** Schreibe die Zahlen, die du gefunden hast, als Ziffern auf.

____

10 a) **¿Qué números tienen las camisetas de fútbol? Escríbelos.**
Welche Nummern haben die Fußballtrikots? Schreibe die Zahlen aus.

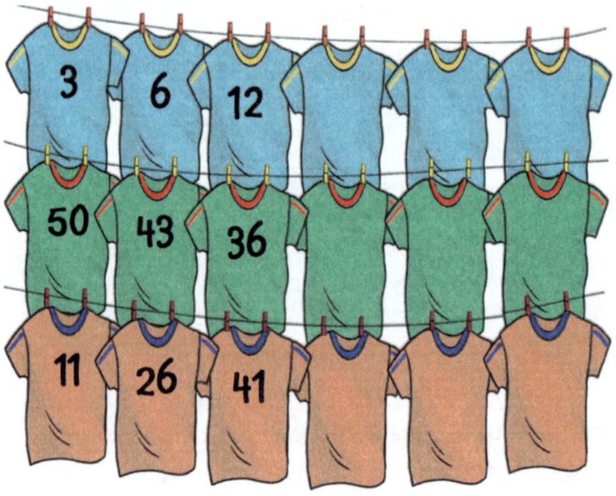

tres, seis, ____

____

____

____

____

____

b) **¿Qué números faltan en las camisetas de fútbol? Continúa las cadenas de números y escríbelos.**
Welche Nummern fehlen auf den Fußballtrikots? Setze die Zahlenreihen fort und schreibe die passenden Zahlen auf.

c) **Escucha y comprueba tu resultado.** Höre zu und überprüfe dein Ergebnis.
Hast du alle Reihen richtig fortgesetzt?

11 **En parejas, haced el ejercicio tándem de la página 112.**
Macht zu zweit die Tandemübung auf Seite 112.

12 **Jugad en parejas.** Spielt zu zweit „Schiffe versenken“.
Jede/r trägt in den Spielplan A verdeckt Kreuze (= Schiffe) ein:

- 1 Schiff mit fünf Kreuzen,
- 2 Schiffe mit jeweils vier Kreuzen,
- 3 Schiffe mit jeweils drei Kreuzen und
- 4 Schiffe mit jeweils zwei Kreuzen.

Die zehn „Schiffe“ dürfen nicht aneinanderstoßen und nur waagerecht oder senkrecht angeordnet sein. Ziel ist es, durch Fragen nach den Zahlen alle Schiffe des/der anderen herauszufinden. Zum Beispiel ergibt ein Kreuz bei 10 und 3 die Zahl 13. Bei der Antwort **sí** hat man einen Treffer **(tocado)**: Das Kästchen im Spielplan B wird markiert und weitergefragt. Erst wenn alle Kreuze gefunden wurden, ist das Schiff versenkt **(hundido)**.

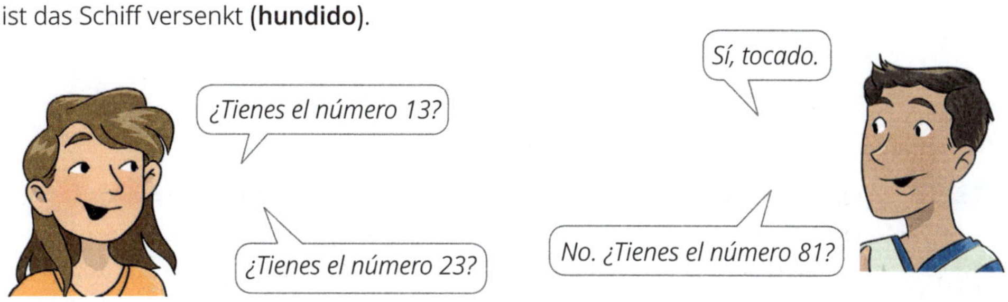

A	0	1	2	3	4	5	6	7	8	9
10										
20										
30										
40										
50										
60										
70										
80										
90										

B	0	1	2	3	4	5	6	7	8	9
10										
20										
30										
40										
50										
60										
70										
80										
90										

13 **a)** Du fährst bald zum Schüleraustausch nach Spanien und diese vier Gastfamilien stehen zur Auswahl. Lies die Texte, markiere die Antworten auf die folgenden Fragen deiner Eltern und beantworte sie.

1. Aus welchen Personen bestehen die Familien?

2. Haben sie Haustiere und wenn ja, welche?

3. Wo wohnen die Familien?

Familia 1: Mariluz vive con sus hijos, Álex de 13 años y Juan de 4 años. Es una familia muy simpática y sencilla. Todos ellos son vegetarianos. Tienen dos peces y viven en el centro de la ciudad, al lado del instituto.

Familia 2: Marcos vive con sus hijas, María y Andrea. Ellas tienen 12 y 14 años. María y Andrea tienen un perro y pasan mucho tiempo con sus abuelos. Es una familia muy cariñosa. Su casa está a 10 minutos del centro de la ciudad y a 15 minutos del instituto.

Familia 3: Paola es una mujer jubilada. Tiene 64 años y tiene dos hijos de 24 y 26 años. Los hijos ya no viven en casa. Ella tiene tres gatos que son muy graciosos. Le gusta ir de vacaciones y leer. Además, es una persona muy sociable. Su casa está cerca del parque y del centro comercial.

Familia 4: Jimena y Julio tienen una hija de 15 años. Se llama Fani. A toda la familia le gusta el deporte, por ejemplo, van a clase de baile y juegan al fútbol. Fani es vegana y Jimena es vegetariana. La familia vive en un pueblo cerca de la ciudad y tiene un caballo.

b) In welcher Familie möchtest du wohnen und warum? Begründe.

14 **Escribe un e-mail.** Nun möchtest du dich deiner Gastfamilie vorstellen. Schreibe ihr eine E-Mail. Du kannst über dein Aussehen und deinen Charakter und deine Familie und Freunde schreiben.

Comprensión auditiva

1 Antonio y Lola hablan de sus familias. Escucha el diálogo y relaciona los números (de la izquierda) con las letras (de la derecha). Escribe las letras en las casillas correspondientes como en el ejemplo. Ojo: Dos letras sobran. Antonio und Lola sind Freunde aus Schulzeiten und sprechen über ihre Familien. Höre zu und ordne den Zahlen die Buchstaben zu, indem du die Buchstaben in das entsprechende Kästchen schreibst (siehe Beispiel). Achtung: Zwei Buchstaben bleiben übrig.

1.	Lola...	**I.**
2.	La hija de Antonio...	
3.	Daniel...	
4.	Alba...	
5.	Álvaro...	
6.	El hijo de Álvaro...	
7.	Lola...	

A.	tiene 20 años.
B.	es la pareja de Lola.
C.	tiene 11 años.
D.	vive con Álvaro y Pedro.
E.	vive en Madrid.
F.	es el hijo de Lola.
G.	es tranquila e inteligente.
H.	es maja y estricta.
I.	está muy bien.

Expresión oral

2 Escribe las frases. Schreibe die Sätze auf Spanisch auf.
Was sagst / fragst du, wenn du ...

1. sagen möchtest, dass Clara eine Brille trägt?

____

2. sagen möchtest, dass Tito groß ist?

____

3. wissen möchtest, wer die Oma von Raúl ist?

____

4. wissen möchtest, wohin die Lehrerin geht?

____

5. sagen möchtest, dass das T-Shirt blau ist?

____

6. sagen möchtest, dass das Buch neu ist?

____

7. wissen möchtest, wie viele Cousins dein/e Gesprächspartner/in hat?

____

Comprensión lectora

3 Tito habla con Iker, un amigo, sobre la familia de Iker. Lee el texto y escribe los nombres correctos.
Tito spricht mit seinem Freund Iker über Ikers Familie. Lies den Text und schreibe die Namen der Personen zur passenden Nummer.

Iker: Mira, Tito, esta es mi familia. En la foto estamos en el cumpleaños de mis hermanos Borja y Bernat. Son gemelos[1] y tienen cuatro años.
Tito: ¿Tienes dos hermanos gemelos? ¿Quién es quién?
Iker: El chico de la izquierda es Borja y el chico de la derecha es Bernat. Son muy graciosos, pero a veces muy pesados. El hombre alto de pelo castaño es mi padre y la mujer rubia de pelo corto a su lado es mi madre. Carmen, mi madre, tiene 45 años e Iñaki, mi padre, tiene 47 años.
Tito: ¡Qué interesante! ¿Y quién es el hombre de pelo gris?
Iker: El hombre de pelo gris con gafas es mi abuelo Eusebio. La mujer baja a su lado es mi abuela Marta. ¡Son geniales!
Tito: ¿Y la chica alta y rubia de pelo largo? ¿Quién es?
Iker: Ella es mi media hermana Miren. Tiene veinte años y es la hija de mi padre. Vive con su madre en Gran Canaria.
Tito: ¡Qué guay, tienes familia en Canarias!
Iker: Sí, es genial. Al lado de Miren está Jorge, su novio. Tiene el pelo castaño y es muy majo.

1. *Iker* ______________________
2. ______________________
3. ______________________
4. ______________________
5. ______________________
6. ______________________
7. ______________________
8. ______________________
9. ______________________

[1] **el/la gemelo/-a** der Zwilling

Expresión escrita

4 **¿Cómo son los amigos de Iker? Descríbelos.** Wie sind Ikers Freunde?
Beschreibe ihr Aussehen und schreibe zu jeder Person zusätzlich etwas über den Charakter.

Autoevaluación

Ist dir etwas gelungen, kreuze ✓ an. Fällt dir etwas noch schwer, kreuze ¿? an.

	Kompetenz	✓	¿?	Lerntipps
1 Comprensión auditiva	Ich kann verstehen, wie Personen sind und aussehen.			SB Seite 78: Aufgabe 4 SB Seite 79: Aufgabe 6
2 Expresión oral	Ich kann Personen und Dinge beschreiben, sagen, wohin man geht und wer zu wem gehört.			SB Seite 90: 1-2 SB Seite 91: 3-4
3 Comprensión lectora	Ich kann Personenbeschreibungen verstehen.			SB Seite 78: Aufgabe 5 SB Seite 79: Aufgabe 6
4 Expresión escrita	Ich kann Personen beschreiben.			SB Seite 78: Aufgabe 5 SB Seite 79: Aufgabe 6

Mi chuleta

Chuleta heißt übersetzt Spickzettel. Überlege dir, was du in Unidad 4 alles gelernt hast und fülle die Zettel aus. Die Seite kannst du anschließend nutzen, um dich auf die nächste Klassenarbeit vorzubereiten.

Das ist meine TOP 5 der neuen Wörter:

- ______________________
- ______________________
- ______________________
- ______________________
- ______________________

Dieses Wort schreibe ich oft falsch:

- ______________________

Das ist mir leichtgefallen:

- ______________________

Das muss ich noch üben:

- ☐ über meine Familie sprechen
- ☐ die Adjektive (**el estadio grande, la asignatura favorita,** ...)
- ☐ den Charakter und das Aussehen einer Person beschreiben
- ☐ sagen, wohin jemand geht (das Verb **ir** und die Präposition **a**)
- ☐ die Possessivbegleiter (**mi mochila, tu amiga, su regalo,** ...)
- ☐ die Zahlen bis 100
- ☐ ______________________

Hörtexte verstehe ich am besten, ...

- ☐ wenn ich mir dazu Bilder ansehe.
- ☐ wenn ich vorher weiß, wer sprechen wird.
- ☐ wenn ich das Thema kenne.
- ☐ wenn ich die Aufnahme mehrmals anhören kann.
- ☐ ______________________

1 Rellena el crucigrama con los verbos (en infinitivo) que faltan.

↓

1. ⁓ series
2. ⁓ a caballo
3. ⁓ deporte
4. ⁓ a los videojuegos
5. ⁓ en la piscina

→

6. ⁓ el piano
7. ⁓ un libro
8. ⁓ música
9. ⁓ de compras
10. ⁓ con los amigos en el parque

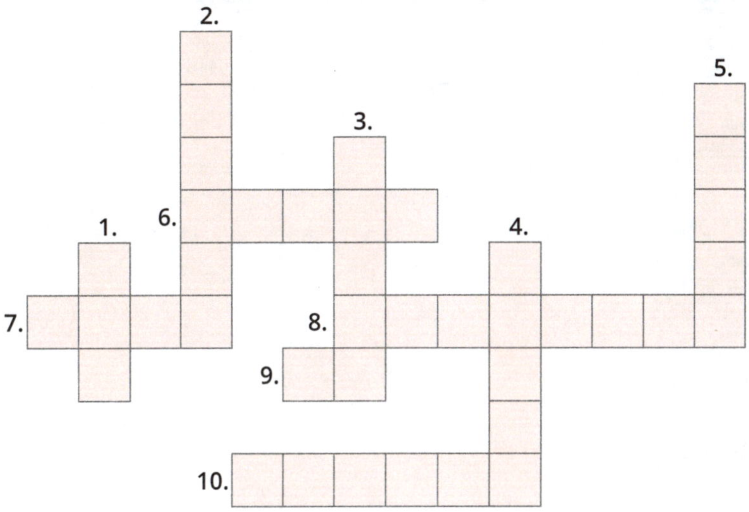

2 Lee otra vez el texto de la página 96 del libro. Marca con una cruz la frase correcta y escribe la solución. Kreuze das richtige Satzende an und schreibe das Lösungswort auf.

1. A Lucía le gusta...
   - b hacer los deberes.
   - f ir a festivales de música.
   - g montar a caballo.

2. A Omar le gusta...
   - z ir al parque los sábados.
   - u ir de compras.
   - l el Real Madrid.

3. A Yolanda le gustan...
   - u los videojuegos.
   - a los animales.
   - k las bromas de Raúl.

4. A Raúl le gusta...
   - l el F.C. Barcelona.
   - e tocar la batería.
   - y jugar a los videojuegos.

Solución: ____ ____ ____ ____

3 ¿*Gusta* o *gustan*? Completa la tabla con las actividades y cosas de las fotos.

(No) me gusta...	(No) me gustan...

4 Mira los dibujos y completa los diálogos.

5 **En grupos de tres, repartid los roles y haced diálogos como en el ejemplo.**

	persona A	persona B	persona C
ir al cine	👎	👍	👎
escuchar música pop	👍	👍	👎
los perros	👎	👍	👍
bailar	👍	👍	👎

Ejemplo: *A:* No me gusta ir al cine. – *B:* Pero a mí sí. – *C:* A mí tampoco.

6 a) **Hugo y Laia son hermanos. Lee los textos y marca qué les gusta y qué no les gusta.**
Lies die Texte und markiere mit zwei verschiedenen Farben alle Dinge und Aktivitäten, die den Geschwistern Hugo und Laia gefallen und die ihnen nicht gefallen.

«Hola, soy **Hugo**. Vivo en Bilbao. En mi tiempo libre hago un montón de cosas. Los museos no me gustan, pero me gusta leer libros. También me gusta escuchar música. A veces voy a conciertos[1], pero no me gusta bailar. El deporte tampoco me gusta. Mis amigos juegan al fútbol, pero yo no. A mí me gustan los animales. Tenemos dos perros muy graciosos y me gusta estar con ellos. No me gusta chatear, pero me gusta quedar con mis amigos y hablar de nuestras cosas».

«Hola, me llamo **Laia**. Soy la hermana de Hugo.
A mí me gusta hacer deporte. Juego al fútbol en el instituto por las tardes. Tenemos dos perros y me gusta ir al parque con ellos. Chatear no me gusta, para mí es horrible. Los libros y los museos tampoco me gustan.
A mi mejor amiga y a mí nos gusta la música pop y nos gusta bailar. También nos gusta quedar para tomar algo en el centro».

b) **En parejas, comparad los gustos de los hermanos.** Vergleicht zu zweit die Interessen der Geschwister. Sind sie sich ähnlich? Formuliert Sätze wie im Beispiel.
Ejemplo: A Hugo le gusta/n… – A Laia también.
A Hugo no le gusta/n… – A Laia sí. / A Laia tampoco.

7 **¿Qué les gusta a estas personas? Escribe por lo menos seis frases en tu cuaderno.**

A mí A ti A mi hermano/-a A mi amigo/-a A mi madre / padre	(no)	me te le	gusta gustan	ir a la playa. tocar el piano. las series. la música. las vacaciones. los fines de semana.

V Schreibe die Formen von **gustar** in die Verbtabelle auf Seite 116.

[1] **el concierto** das Konzert

8 **Mario habla con su amiga, Ainhoa, de las cosas que hace con su familia. Completa el diálogo.** Setze die passende Form von **gustar** und die Pronomen **(me, te, le)** ein.

Ainhoa: Mario, ¡tienes una familia muy simpática! ¿Qué (1) ______________ hacer con ellos?

Mario: ¡Un montón de cosas! (2) ______________ hablar de libros con mi madre porque a ella (3) ______________ leer y a mí también. A mi padre (4) ______________ los deportes. (5) ______________ jugar al fútbol con él y vamos al estadio los fines de semana.

Ainhoa: Y con tu hermano, ¿qué haces?

Mario: Mi hermano Borja es muy pequeño. A él (6) ______________ los conejos. También (7) ______________ jugar en el parque, pero a mí no (8) ______________ ir con él.

Ainhoa: ¿Y (9) ______________ estar con tus abuelos?

Mario: ¡Claro que sí! Son geniales, (10) ______________ pasar tiempo con ellos. Viven al lado de la piscina porque a mi abuela (11) ______________ nadar. Y a mi abuelo (12) ______________ las fiestas con la familia.

9 **Lee las palabras. ¿Qué crees que significan en alemán? Comprueba con un diccionario.** Was könnten die Wörter auf Deutsch bedeuten? Fülle die Tabelle aus und überprüfe danach mit einem Wörterbuch.

en español	en alemán
hacer atletismo	
tocar la flauta	
pintar	
jugar al tenis de mesa	

en español	en alemán
jugar al voleibol	
hacer ciclismo	
tocar el violín	
esquiar	

10 **Yolanda habla con un amigo, Luis. Completa el diálogo con las formas correctas de *hacer* o *ir*.**

Luis: Hola, Yolanda, ¿adónde (1) ______________?

Yolanda: Hola, Luis. (2) ______________ a casa de Lucía. (3) ______________ (nosotras) los deberes y después escuchamos música. Y tú, ¿qué (4) ______________ hoy?

Luis: Por la tarde quedo con mis amigos.

Yolanda: ¿(5) ______________ (vosotros) al parque del barrio?

Luis: Sí, (6) ______________ (nosotros) al parque y jugamos al fútbol.

Yolanda: Claro, es que tus amigos y tú (7) ______________ un montón de deporte.

Luis: ¿Lucía y tú, (8) ______________ al cine mañana? Hay una peli[1] nueva.

Yolanda: Pues, Lucía no tiene tiempo porque está con su prima y (9) ______________ (ellas) al centro comercial. Yo veo una serie con mis hermanas por la mañana. No sé[2] qué (10) ______________ (yo) después.

[1] **la peli** der Film [2] **no sé** ich weiß nicht

11 ¿Qué hacen Diego, Inés, Pablo y Carolina en su tiempo libre?
Escucha y marca con una cruz las respuestas para cada persona.

	Diego	Inés	Pablo	Carolina
1. ¿Qué hace?				
Toca el piano.				
Nada en la piscina.				
Juega al fútbol.				
Monta a caballo.				
2. ¿Qué día?				
los martes				
los miércoles				
los jueves y los viernes				
los sábados y los domingos				
3. ¿Con quién?				
con Lucía				
con Raúl				
con su amiga Sofía				
con su hermana Cecilia				

12 Yolanda, Lucía y Omar hablan en el recreo.
Completa el diálogo con las formas correctas de los verbos.

V: Schreibe die Formen von **hacer, jugar** und **ver** in die Verbtabelle auf Seite 115 und 116.

Yolanda: Chicos, ¿qué (1) ____________ (hacer) el fin de semana?

Lucía: Yo (2) ____________ (tocar) la batería el sábado por la mañana y, por la tarde, (3) ____________ (jugar) al baloncesto[1]. A vosotros también os gusta el baloncesto, ¿no? ¿(4) ____________ (jugar) conmigo[2]?

Yolanda: Mm, por la tarde no tengo tiempo. (5) ____________ (ver) mi serie favorita de Colombia.

Omar: Y yo (6) ____________ (hacer) deporte con mi primo.

Lucía: ¿Y qué (7) ____________ (hacer) vosotros el domingo?

Omar: Raúl y yo (8) ____________ (hacer) los deberes. Pero después tengo tiempo.

Yolanda: ¡Yo también!

Lucía: ¡Genial! ¿Quedamos por la tarde y (9) ____________ (jugar) al baloncesto?

Yolanda: ¡Sí! ¿Y después? ¿(10) ____________ (ver) una serie?

[1] **el baloncesto** der Basketball [2] **conmigo** mit mir

13 **¿Qué hacéis hoy? Jugad en grupos.** Würfelt reihum mit einem Würfel und setzt eure Spielfiguren. Konjugiert das Verb nach dem angegebenen Personalpronomen. Kommt ihr auf ein Feld mit „todas las formas", dann konjugiert ihr alle Formen.
Kommt ihr auf ein Feld mit einer Leiter, dürft ihr die Leiter hinuntersteigen, wenn ihr die Aufgabe lösen konntet. Unten angekommen, ist die nächste Person an der Reihe. Sieger/in ist, wer als erste/r ins Ziel (**meta**) kommt.

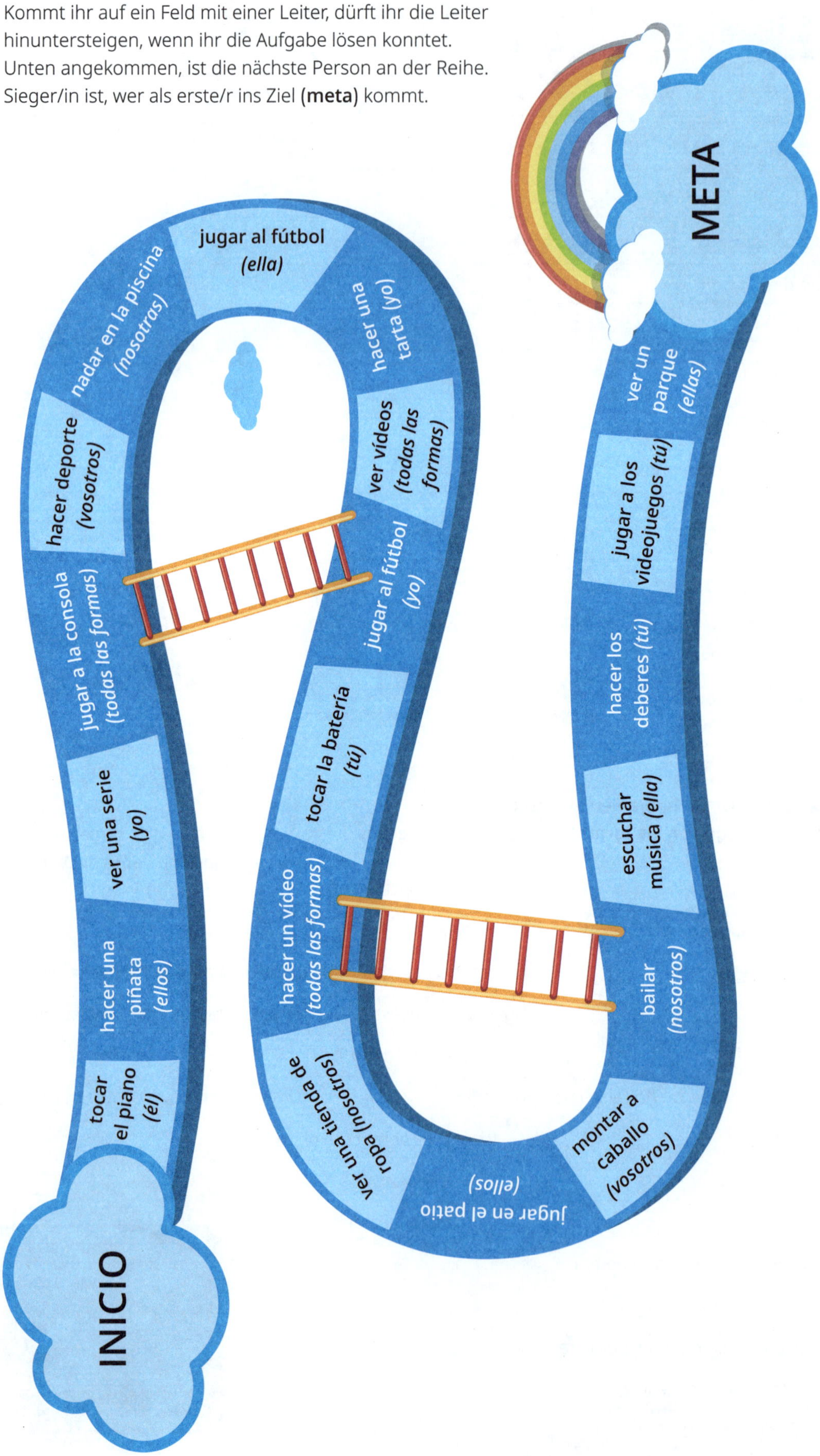

14 **Escribe un e-mail a tu compañero/-a de intercambio y describe qué te gusta hacer en tu tiempo libre.**

a) **Primero, crea un mapa mental con ideas sobre tu tiempo libre.**

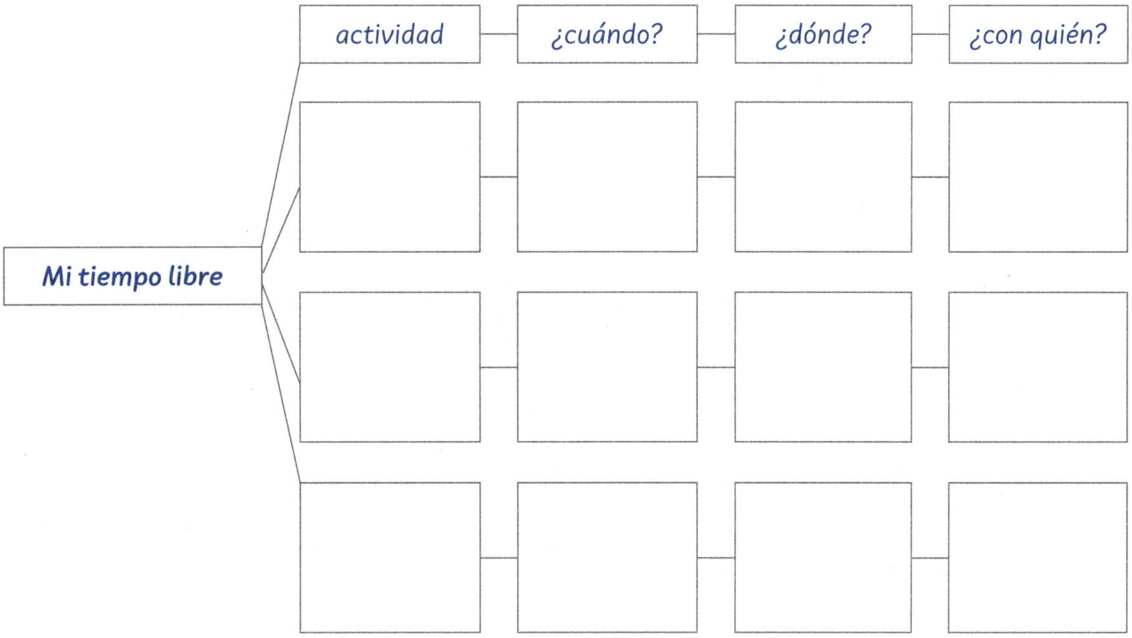

b) **Usa tu mapa mental y escribe el e-mail. Usa esta estructura para organizar tu e-mail:**

- saludo + frase de introducción *(Begrüßung und Einleitungssatz),*
- aspectos: ¿Actividades? ¿Cuándo? ¿Dónde? ¿Con quién?,
- pregunta(s) sobre el tiempo libre de tu compañero/-a de intercambio,
- despedida *(Verabschiedung)*.

c) **Ahora lee tu texto. ¿Hay errores de ortografía o de gramática?** Korrigiere deinen Text. Gibt es Rechtschreib- oder Grammatikfehler? Versteht man alles? Du kannst die Checkliste aus dem Schulbuch (Seite 148) für die Korrektur nutzen.

d) **Intercambia tu texto con un/a compañero/-a. Lee su texto y dale un *feedback*.**
Lies den Text eines Mitschülers/einer Mitschülerin und gib ihm/ihr mithilfe der Tabelle ein Feedback.

Feedback für:	🙂	😐	🙁
Inhalt:			
Deine E-Mail fängt mit einer passenden Anrede an.			
Du schreibst, welche Aktivitäten du magst.			
Du erläuterst, wo, wann und mit wem du die Sachen unternimmst.			
Du stellst mindestens eine Frage.			
Du hast an eine passende Verabschiedung gedacht.			
Sprache:			
Du verwendest das Verb **gustar** richtig.			
Du hast auf die Groß- und Kleinschreibung und die richtigen Satzzeichen geachtet.			

Audio:
WES-113727-078

1 Rellena el crucigrama de la izquierda con las formas de *querer* y el crucigrama de la derecha con las formas de *poder*.

V Schreibe die Formen von **poder** und **querer** in die Verbtabelle auf Seite 115.

2 a) Escucha y lee el trabalenguas en voz alta.

Höre den Zungenbrecher und lies ihn vor.

Porque puedo, puedes,
porque puedes, puedo.
Pero si[1] no puedes,
yo tampoco puedo.

b) Escribe el trabalenguas en plural y léelo. Schreibe den Zungenbrecher im Plural auf und lies ihn laut vor.

____

____

____

____

3 Escribe las frases en el orden correcto.

1. Mis amigos y yo – comprar – en el mercadillo – queremos – cómics

____

2. su habitación – tiene que – Mi hermano – ordenar

____

3. a – puedo – No – ir – tu fiesta

____

4. estudiar – para – un examen – Tengo que

____

5. Podemos – para – una tarta – hacer – Raúl

____

6. queréis – ¿Qué canción[2] – cantar – la fiesta? – en

____

[1]**si** wenn, falls [2]**la canción** das Lied

4 Lee qué dice la madre y completa las frases con la forma correcta de *tener que, poder* o *querer*.

Theo hat Besuch von seiner Austauschpartnerin Valeria aus Spanien und sie wollen auf eine Party gehen. Lies, was seine Mutter sagt. Vervollständige anschließend Theos Sätze mit dem richtigen Modalverb (auf Spanisch), um seiner Austauschpartnerin mitzuteilen, was seine Mutter sagt.

*Du **musst** zuerst deine Hausaufgaben machen. Danach **kannst** du zur Party gehen. **Möchtet** ihr vor der Party etwas essen? Wie lange **möchte** Valeria denn auf der Party bleiben? Ihr **müsst** spätestens um 22 Uhr zu Hause sein. **Muss** man in Spanien auch um 22 Uhr zu Hause sein mit 13 Jahren? Ihr **könnt** mich anrufen, wenn ihr abgeholt werden möchtet.*

1. Primero, tengo que (yo) hacer los deberes.
2. Después, ______________ (yo) ir a la fiesta.
3. ¿______________ (tú) comer algo antes[1]?
4. ¿Cuánto tiempo ______________ (tú) estar en la fiesta?
5. ______________ (nosotros) estar en casa a las diez de la noche.
6. ¿______________ (vosotros) estar en casa a las diez con 13 años en España?
7. ______________ (nosotros) llamar a[2] mi madre en la fiesta.

5 Celia y Raquel son compañeras de clase y quieren quedar esta semana. Escucha y marca con una cruz la respuesta correcta.

1. ¿A qué hora quiere quedar Raquel el lunes?
   - a 11:30
   - b 12:30
   - c 14:30

2. ¿Qué día quedan las chicas?
   - a lunes
   - b martes
   - c miércoles

3. ¿A qué hora quedan?
   - a 14:45
   - b 15:00
   - c 15:15

4. ¿Dónde quedan?

a 

b 

c 

[1]**antes** vorher [2]**llamar a alguien** jdn. anrufen

6 Lee y escribe las horas. Lies die Uhrzeiten und schreibe sie aus bzw. schreibe sie in die leeren Uhren.

1. 

Son las ________

2. 
____

3. 
Son las nueve menos veinticinco de la mañana.

4. 
____

5. 

____

6. 
____

7. 
Son las tres de la tarde.

8. 

____

7 a) Paulina y Luis son primos de Yolanda de Colombia. Mira los dibujos y escribe qué hacen este sábado. Was machen Paulina und Luis an diesem Samstag? Schreibe zu jedem Bild einen Satz auf.

A las ________

____

____

____

____

____

b) **Paulina chatea con su prima Yolanda y habla de sus planes para este sábado. En parejas, escribid la conversación.** Schreibt zu zweit einen Chat zwischen Paulina und ihrer Cousine Yolanda. Eine Person übernimmt Paulinas Rolle, die andere Person Yolandas. Yolanda fragt nach Paulinas Plänen für diesen Samstag.

c) **¿Qué haces tú el sábado? Presenta tus planes en clase.** Was machst du am Samstag und zu welcher Uhrzeit? Bilde Sätze wie in a) und stelle deinen Tag in der Klasse vor.

8 Escucha los ocho mensajes de voz que Lucía tiene en su móvil. Relaciona las frases (A-I) con los mensajes (1-8). Ojo: Una frase sobra. Höre dir die acht Sprachnachrichten an, die Lucía auf ihrem Handy hat. Ordne die Sätze (A-I) den entsprechenden Nachrichten (1-8) zu. Achtung: Ein Satz bleibt übrig. Die erste Nachricht dient als Beispiel.

Mensaje 1	F
Mensaje 2	
Mensaje 3	
Mensaje 4	
Mensaje 5	
Mensaje 6	
Mensaje 7	
Mensaje 8	

A.	Quiere tomar un refresco con Lucía.
B.	La persona quiere ir a un museo con Lucía.
C.	Quiere ir a las montañas con su amiga.
D.	Quiere ir a la playa con Lucía.
E.	Quiere estudiar con Lucía para un examen.
F.	La persona quiere comer un helado con Lucía.
G.	No está en la ciudad el fin de semana.
H.	Quiere comer tapas con Lucía y un compañero.
I.	La persona no puede ir al cine hoy.

9 Busca las diez prendas de ropa. Márcalas y escríbelas con el artículo determinado.
Suche die zehn Kleidungsstücke und schreibe sie mit dem bestimmten Artikel auf.

A	S	D	E	O	F	G	V	I	L	U	X	V	U
Z	I	B	V	A	Q	U	E	R	O	S	É	O	L
A	F	G	A	Í	N	A	S	E	B	C	H	S	Z
P	J	E	R	S	E	Y	T	J	G	H	E	U	U
A	D	I	S	J	L	E	I	A	K	A	W	D	J
T	I	L	P	S	O	R	D	V	L	Q	U	A	K
O	L	F	A	L	D	A	O	B	A	U	Z	D	A
S	A	V	N	S	Á	T	Z	D	F	E	T	E	F
I	N	I	T	I	D	I	B	I	U	T	E	R	T
A	I	Z	A	P	A	T	I	L	L	A	S	A	E
M	T	A	L	E	K	A	K	N	V	P	F	D	Í
A	S	K	Ó	M	I	R	G	O	R	R	A	P	J
N	I	R	N	L	A	R	H	E	B	Á	M	E	N

10 En parejas, haced el ejercicio tándem de la página 113.

11 a) ¿Qué ropa quieren llevar los chicos a la fiesta? Escribe seis frases.

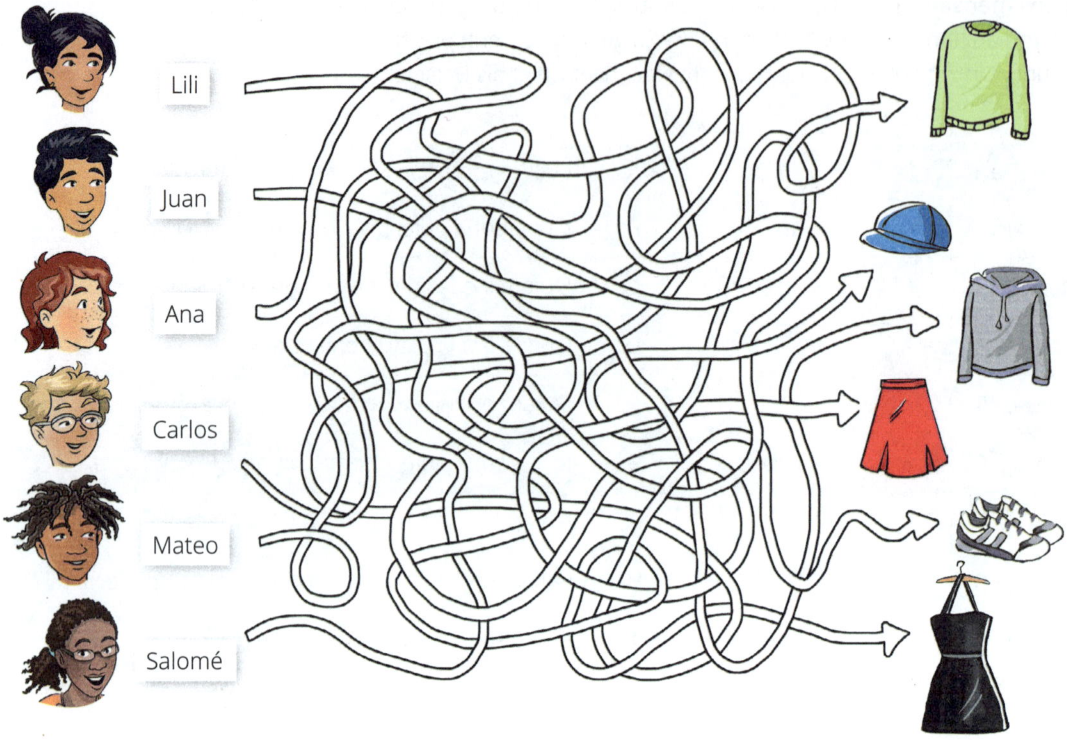

1. Lili quiere llevar ______
2. ______
3. ______
4. ______
5. ______
6. ______

b) ¿Y qué ropa llevas tú hoy? Describe tu *outfit*.

______
______
______

12 Completa el diálogo con *porque* o *por qué*. Denke an die Fragezeichen.

Yolanda: Hola, Lucía, ¿qué tal? ¿Vamos al mercadillo mañana?

Lucía: Mañana no puedo.

Yolanda: (1) ______ ¿No quieres ir?
Yo quiero ir (2) ______ hay libros y videojuegos a 1 €.

Lucía: No quiero ir mañana (3) ______ tengo que estudiar para el examen de Inglés. (4) ______ no preguntas a Omar?

Yolanda: Omar no puede (5) ______ juega mañana al fútbol.
(6) ______ no estudiamos en tu casa y después vamos al mercadillo?

Lucía: Vale. Es un plan genial (7) ______ no me gusta estudiar sola[1].

[1] **solo/-a** allein

13

a) Du bist mit deinen Eltern in Spanien und ihr möchtet im Kaufhaus **El Corte Inglés** nach Sonderangeboten in der Modeabteilung schauen. Ihr hört dort zwei Ansagen. Deine Eltern möchten von dir wissen:

- An wen richten sich die Angebote?
- Was wird angeboten?

b) Als ihr aus dem Kaufhaus geht, seht ihr folgendes Plakat. Sieh es dir an und beantworte die Fragen deiner Eltern.

- Was gibt es auf dem Markt?
- Wann und wo findet er statt?

14

Raúl y Yolanda van al Rastro de Madrid el domingo por la mañana. Escucha el diálogo y contesta a las preguntas.

1. ¿Qué hora es?

___

2. ¿Qué puedes comprar en el Rastro? Apunta tres cosas.

___

3. ¿Quiénes van al Rastro? Apunta tres grupos de personas.

___

4. ¿A quién le gusta el Rastro?

___

15

Omar y Yolanda quieren quedar, pero ya tienen un montón de planes. En parejas, repartid los papeles y haced un diálogo. Yolanda und Omar möchten sich verabreden. Verteilt die Rollen und findet einen Termin. Einigt euch auch darauf, was ihr machen wollt und zu welcher Uhrzeit ihr euch trefft.

La semana de Omar

lunes: –
martes: 17:00 jugar al fútbol con Raúl y Elena
miércoles: –
jueves: 16:30 jugar a los videojuegos
viernes: 18:00 ir de compras
sábado: –
domingo: 19:00 ir al parque con Copito

La semana de Yolanda

lunes: 16:30 hacer deporte
martes: –
miércoles: 16:30 ir a la piscina
jueves: 15:30 tener clase de piano
17:45 quedar con Lucía en la heladería
viernes: –
sábado: 11:00 ver una serie
domingo: leer

Audio:
WES-113727-084

Comprensión auditiva

1 Unos chicos quedan con sus amigos. Escucha los tres diálogos y completa la tabla.

	¿Quiénes quedan?	¿Qué día quedan?	¿A qué hora quedan?	¿Dónde quedan?
1.	*Carlos y Alejandro*			
2.			*a las 7 menos cuarto*	
3.		*hoy*		

Expresión oral

2 Escribe las frases. Schreibe die Sätze auf Spanisch auf.
Was sagst du, wenn du sagen möchtest, …

1. dass Lucía gern Schlagzeug spielt?

2. dass du heute nicht shoppen gehen kannst?

3. dass deine Geschwister ihr Zimmer aufräumen müssen?

4. dass Raúl neue Schuhe kaufen möchte?

5. dass es neun Uhr morgens ist?

6. dass du Kapuzenpullis magst?

Expresión escrita

3 Tienes un mensaje de tu amigo Diego. Lee el mensaje y contesta a sus preguntas en un mensaje.

Comprensión lectora

4 Lee los textos y relaciona las frases de la tabla con los chicos. Marca los nombres correctos con una cruz.
Achtung: Manchmal sind auch mehrere Personen richtig! Insgesamt musst du 13 Kreuze machen.

Hola, chicos: ¡Busco un compañero de intercambio! Soy **Tarik**, tengo 12 años y soy de Hamburgo. Hablo alemán, turco, inglés y un poco de español. Me gusta: hacer deporte, la música rock, mi grupo de música, leer, el F.C. St. Pauli y el F.C. Barcelona, quedar con amigos, mi perro Attila y España.

Hola, amigos: ¿Os gusta escribir? A mí sí, escribo textos para nuestro periódico escolar. Hablo inglés, pero los idiomas no son mi especialidad. Me gusta escuchar música (rap, hip-hop), quedar con mis amigos y jugar a los videojuegos. No me gusta el fútbol, pero a veces juego al baloncesto en el parque. Ah, me llamo **Francisco** y tengo 12 años. Soy de Ciudad de México.

¡Hola a todos! Me llamo **Daniel**, soy de Sevilla y tengo 13 años. Me gusta chatear, ir al cine, escuchar música y jugar al fútbol. ¡Soy del F.C. Barcelona! Hablo español e inglés. Y ahora también aprendo alemán en el insti porque me gusta Alemania. Mi tío y mis primos viven en el norte de Alemania y paso las vacaciones de verano en su casa en Bremen.

¡Hola! Busco amigos y amigas en Europa. Hablo español e inglés y un poco de alemán. Me gusta ir de compras, jugar con mi móvil y bailar. Toco la guitarra en un grupo de música pop, ¡es genial! Tengo un gato y mi mejor amiga es mi hermana Helena. No me gustan los libros y tampoco los deportes.
Ana, 13 años, Santiago de Chile

	Tarik	Daniel	Francisco	Ana
1. Tiene familia en Alemania.				
2. Toca en un grupo de música.				
3. Pasa las vacaciones de verano en Alemania.				
4. No le gusta el fútbol.				
5. Tiene una mascota.				
6. Le gusta la música.				

Autoevaluación

Ist dir etwas gelungen, kreuze ✔ an. Fällt dir etwas noch schwer, kreuze ¿? an.

	Kompetenz	✔	¿?	Lerntipps
1 Comprensión auditiva	Ich kann Fragen zu einem Hörtext beantworten.			SB Seite 95: Aufgabe 3 SB Seite 101: Aufgabe 8
2 Expresión oral	Ich kann über Hobbys und Kleidung sprechen und die Uhrzeit angeben.			SB Seite 94: Aufgabe 1 SB Seite 103: Aufgabe 2 SB Seite 105: Aufgabe 6
3 Expresión escrita	Ich kann einen Text über meine Kleidung schreiben.			SB Seite 104-105: Aufgabe 5
4 Comprensión lectora	Ich kann einem Text Informationen entnehmen.			SB Seite 96-97: Aufgabe 1 SB Seite 97: Aufgabe 2a

Chuleta heißt übersetzt Spickzettel. Überlege dir, was du in Unidad 5 alles gelernt hast und fülle die Zettel aus. Die Seite kannst du anschließend nutzen, um dich auf die nächste Klassenarbeit vorzubereiten.

Das ist meine TOP 5 der neuen Wörter:

- ______
- ______
- ______
- ______
- ______

Dieses Wort schreibe ich oft falsch:

- ______

Das ist mir leichtgefallen:

- ______

Das muss ich noch üben:

- ☐ über meine Freizeitaktivitäten und Hobbys sprechen
- ☐ sagen, was mir (nicht) gefällt (das Verb **gustar**)
- ☐ die Uhrzeit
- ☐ über Kleidung sprechen
- ☐ die Modalverben (**poder**, **querer** und **tener que**)
- ☐ ______

Neue Vokabeln lerne ich am besten, ...

- ☐ mit den Wortlisten aus dem Schulbuch.
- ☐ mit Klebezetteln, die ich an den entsprechenden Gegenständen befestige.
- ☐ mit Karteikarten.
- ☐ mit einer Vokabellern-App.
- ☐ ______

1 **Mira las fotos de los lugares de vacaciones y escribe dos *hashtags* por foto.**
Schreibe pro Foto zwei Hashtags auf.

#isla
#mar Mediterráneo

2 a) **Cada número representa una letra. Mira la primera palabra y adivina las otras letras para completar los medios de transporte.** Jede Nummer steht für einen Buchstaben. Sieh dir das erste Wort an und errate die anderen Buchstaben.

1. *t* *r* *e* *n*
   1 2 3 4

2. ___ ___ ___ ___ ___ ___ ___ ___ ___
   5 6 7 6 7 8 3 1 9

3. ___ ___ ___ ___ ___ ___ ___
   9 10 1 11 5 12 13

4. ___ ___ ___ ___ ___
   14 3 1 2 11

5. ___ ___ ___ ___ ___
   9 15 6 17 4

6. ___ ___ ___ ___ ___
   7 11 7 16 3

7. ___ ___ ___ ___ ___
   5 9 2 7 11

b) **Lee las palabras. ¿Qué significan en alemán?** Wie könnten diese Verkehrsmittel auf Deutsch heißen? Schreibe deine Vermutungen auf und kontrolliere anschließend mit einem Wörterbuch.

en español	en alemán
el tranvía	
el camión	
el submarino	
la motocicleta	

en español	en alemán
la ambulancia	
el ferry	
el patinete	
el helicóptero	

3 ¿Cómo vais a estos lugares? En parejas, preguntad y contestad como en el ejemplo. ¡Ojo: a + el = al!

¿Cómo vas a Barcelona?

Voy en avión o en autobús a Barcelona.

Barcelona

Berlín

el centro comercial

el instituto

Colombia

la casa de tus abuelos

el parque

Stuttgart

4 Rellena el crucigrama con las palabras que faltan en las frases.

↓

1. En la playa, podemos hacer un curso de ~.
2. En Barcelona puedes ~ museos y monumentos.
3. Pasamos las vacaciones en un pueblo con casas blancas en la ~ de Cádiz.
4. En ~ hace frío. Es lo contrario de[1] *verano*.
5. En España, los chicos van de campamento a ~ porque allí hay animales.

→

6. Puedes ir de vacaciones en ~. Es como[2] un coche con camas[3].
7. Me gusta hacer ~ en las montañas.
8. Mi ~ favorito para pasar las vacaciones es Ribadesella.

[1]**lo contrario de** das Gegenteil von [2]**como** wie [3]**la cama** das Bett

5 a) **Lee el texto del libro (p. 116) y completa la tabla con la información sobre las vacaciones de los chicos.**

	Yolanda	Lucía	Omar y Raúl
lugar			
medios de transporte			
planes			

b) **¿Qué planes (no) te gustan? Escribe tu opinión como en el ejemplo. Puedes usar las ideas de la casilla.**
Ejemplo: Me gustan los planes de Omar y Raúl porque me gustan los animales.

los animales • estar con la familia • hacer deporte • ir en avión • las montañas • nadar • ...

(No) me gustan los planes de ______ porque (no) me gusta/n ______

______

6 a) **Escuchad y rapead.** Hört zu und denkt euch passende Bewegungen zum Rap aus, die auch die Personalpronomen verdeutlichen. Sprecht den Rap mit den Bewegungen mit.

El rap del futuro

¿Qué vais a hacer el fin de semana?
¡Vamos a hacer una fiesta!

Yo voy a bailar.
Tú vas a cantar.
Él, ella va a tocar la guitarra.

Nosotros vamos a comer.
Vosotros vais a beber[1].
Ellos, ellas van a hacer una tarta.

b) **¿Qué vais a hacer el fin de semana? Escribid un rap.** Schreibt einen Rap, indem ihr die Lücken mit eigenen Verben ausfüllt. Sprecht euren Rap mit der Karaoke-Version und präsentiert ihn der Klasse.

¿Qué vais a hacer el fin de semana?

¡Vamos a ______!

Yo voy a ______

Tú vas a ______

Él, ella va a ______

Nosotros vamos a ______

Vosotros vais a ______

Ellos, ellas van a ______

[1] **beber** trinken

7 **Raúl y Omar hablan por teléfono sobre sus planes para el fin de semana. Completa el diálogo con las formas correctas del futuro inmediato.**

Raúl: Hola, Omar. ¿A qué hora (1) ______________________ (quedar, nosotros) mañana?

Omar: Pues, tengo que hablar con mis padres. Por la mañana (2) ______________________ (estar, nosotros) en casa de mis abuelos y, luego, (3) ______________________ (comer, nosotros) con unos amigos.

Raúl: Uy, ¡qué bien! ¿Qué (4) ______________________ (comer, vosotros)?

Omar: (5) ______________________ (ir, nosotros) a un restaurante de paellas. ¿Tienes tiempo por la tarde?

Raúl: Por la tarde (6) ______________________ (ir, yo) de compras con mi madre, pero (7) ______________________ (estar, nosotros) en casa a las seis.

Omar: Quedamos a las seis y media en la piscina, ¿vale? ¿Y las chicas?

Raúl: Lucía también (8) ______________________ (ir) mañana con Miguel a la piscina. Pero Yolanda (9) ______________________ (hacer) la maleta para las vacaciones.

8 a) **Lee el horóscopo de Lucía y contesta a las preguntas.**

Amor 
La semana que viene vas a pasar un montón de tiempo con la persona que te gusta y él/ella te va a hacer un regalo especial. ¡Qué interesante!

Salud 
El fin de semana vas a tener mucha energía. Perfecto para empezar nuevos proyectos o hacer deporte, ¿qué tal yoga o pilates? Es ideal para estar en la playa o en el parque.

Estudios 
Vas a tener que estudiar mucho para aprobar[1] los exámenes. Este es el último esfuerzo[2] antes de las vacaciones. ¡Tú puedes!

Dinero 
Te gusta comprar ropa y zapatillas, pero: vas a tener que ahorrar[3] para la excursión con el insti. Aquí tienes un *tip*: Puedes mirar la ropa que tienes en el armario[4] y llevar tu ropa favorita del año pasado[5].

1. ¿Qué va a pasar con la persona que le gusta?

____

2. ¿Qué puede hacer el fin de semana en la playa?

____

3. ¿Qué tiene que hacer antes de las vacaciones?

____

4. ¿Qué *tip* hay para no comprar?

____

b) **Escribe en tu cuaderno un horóscopo para un amigo o una amiga.**

[1]**aprobar** bestehen [2]**el esfuerzo** die Anstrengung [3]**ahorrar** sparen [4]**el armario** der Schrank [5]**el año pasado** das letzte Jahr

9 **Mira las fotos y completa las frases con el futuro inmediato. Inventa algo para las frases 6, 7 y 8.**

1. Mañana Lucía y Miguel van a comer un helado porque hay una heladería nueva en su barrio.
2. Por la tarde, Omar __________ porque es el cumpleaños de su madre.
3. El domingo Lucía __________ porque tiene un concierto[1] la semana que viene.
4. El sábado Yolanda __________ porque necesita ropa para las vacaciones.
5. Hoy Raúl y Lucía __________ al centro porque no quieren ir a pie.

6. El fin de semana __________ porque el lunes tengo un examen importante.
7. El domingo nosotros __________ porque va a hacer calor.
8. Mañana vosotros __________ porque pasáis las vacaciones en las montañas.

10 **Tu compañero/-a y tú quedáis en la piscina antes de las vacaciones y habláis de vuestros planes para el verano. En parejas, preparad el diálogo y presentadlo en clase.** Seht euch die Vorlage an und übt zu zweit einen Dialog ein. Präsentiert ihn in der Klasse. Person A fängt an.

A	B
¡Hola! ¿Qué tal?	¡Hola! Muy bien. ¿Qué planes tienes para el fin de semana? ¿Quedamos?
Pues, tengo unos planes muy chulos / interesantes / guays / horribles. ¿Tienes tiempo el sábado / domingo por la mañana / tarde?	No, el sábado / domingo por la mañana / tarde voy a… ¿Quedamos el sábado / domingo por la mañana / tarde?
No, el sábado / domingo por la mañana / tarde voy a… ¿Quedamos el sábado / domingo por la mañana / tarde?	¡Muy bien! Tengo tiempo. ¿Por qué no vamos a…? ¿Vamos a…?
☹ ¡Ay, no! Lo siento, no me gusta. *(Schlage mindestens zwei Aktivitäten vor):* ¿Por qué no vamos a…? ¿Quieres ir a…? Podemos… ¿Vamos a…?	☺ ¡Qué guay / chulo! ¡Mola mucho! ¡Qué planazo(s)! ¿Quedamos a las… en…?
Vale. ¿Y ahora? ¿Qué vamos a hacer? ¿Vamos a jugar a Marco Polo?	¡Genial! Vamos, ¡al agua, patos!

[1] **el concierto** das Konzert

Audio:
WES-113727-092

11 a) **Yolanda, Raúl y Omar hablan de un mercadillo que hay el viernes en el insti. ¿Quién va a ir al mercadillo? Escucha el diálogo y marca con una cruz.**

Raúl

☐

Yolanda

☐

Omar

☐

b) **¿Qué van a hacer los chicos después de clase y por qué? Escucha otra vez y relaciona las frases. Ojo: sobran dos opciones.**

Raúl •	• **1.** va a ir de compras •	• **A.** porque necesita un regalo para su tío.
Yolanda •	• **2.** va a hacer una fiesta •	• **B.** porque sus padres no están en casa.
Omar •	• **3.** va a ir a Barcelona •	• **C.** porque es el cumpleaños de su abuelo.
	• **4.** va a estar con su prima •	• **D.** porque va a quedar con amigos.

12 **¿Quiénes son los chicos? Mira la foto y escribe cinco frases como en el ejemplo.**

gorra azul | jersey amarillo | pelo rubio/castaño | pelo largo/corto/rizado | estar a la derecha/izquierda de ... | ...

1. *La chica que tiene el pelo rubio es Paula.*
2. ______
3. ______
4. ______
5. ______

13 **Es el primer día de vacaciones. ¿Qué pasa? Relaciona las frases con el pronombre relativo *que*.**
Was ist am ersten Ferientag los? Verbinde die Sätze mit dem Relativpronomen **que**.
Ejemplo: Yolanda está en el parque. El parque está cerca de su casa.
→ Yolanda está en el parque que está cerca de su casa.

1. Yolanda habla con sus amigos. Sus amigos quieren ir al cine.
______
2. Los chicos quieren ver una película[1]. La película empieza a las cuatro y media.
______
3. Los amigos quedan delante de la casa de Raúl. La casa de Raúl está en la calle Santa Ana.
______
4. Después, los amigos van a una heladería. La heladería está al lado del cine.
______

[1] **la película** der Film

14 ***¿Qué*** **o *que*? Completa las frases con la forma correcta.**

1. Hola, ¿__________ tal? – Muy bien, gracias.
2. ¿Te gusta el parque __________ está enfrente del instituto? – Sí, ¡__________ bonito es!
3. ¿__________ necesitas para la clase de Inglés? – Necesito una carpeta azul y un bolígrafo.
4. Mira, este es mi nuevo móvil. – ¡__________ chulo!
5. ¿Quién es la chica nueva __________ va en tu clase? – ¿La chica __________ lleva la camiseta roja? Es Yolanda.
6. Raúl, ¿__________ quieres comer? – Quiero comer uno de los bocadillos __________ están allí en la mesa.

15 a) **Yolanda ya está en Bogotá y encuentra un folleto en la calle. Lee el folleto y relaciona las fotos con los textos. Ojo: sobran dos fotos.**

A. Deporte y naturaleza

¿Te gustan las excursiones? Entonces, estos lugares son para ti. El Cerro de Monserrate es ideal para hacer senderismo y pasar el día en la naturaleza. Además, desde arriba del cerro, hay unas vistas espectaculares de toda la ciudad. Otra opción es la Laguna Guatavita, allí puedes hacer una ruta ecoturística por toda la zona.

B. Comer bien

¿Te gusta comer? ¿Y la comida típica de otros lugares? ¡Genial! Entonces, tenemos algo para ti. Puedes hacer una excursión a un cafetal ¡y tomar café de Colombia! ¿Pero no eres fan del café? ¡No pasa nada! También puedes hacer un tour por el Barrio La Candelaria y comer la comida típica: arepas, tamales... ¡Están superricos!

C. Arte e Historia

¿Quieres aprender sobre la cultura y la historia? ¡Claro que sí! En el barrio La Candelaria puedes hacer un tour por sus calles para ver el *Street Art*. Y, por supuesto, tienes que visitar el Museo de Botero.

b) **El hermano de Yolanda es una persona muy activa, a su madre le gusta visitar museos y su padre siempre quiere comer bien. Marca con una cruz el tour apropiado para cada persona.** Welche Tour passt zu wem? Kreuze an.

	Tour A	Tour B	Tour C
el hermano de Yolanda			
la madre de Yolanda			
el padre de Yolanda			

1 Lee el texto en la página 121 del libro y marca con una cruz la frase correcta.

1. ¿Dónde está Yolanda?
   - a en Ribadesella
   - b en Bogotá
   - c en Tarifa

2. ¿Qué tiempo hace hoy en Colombia?
   - a Hace viento.
   - b Hace mucho calor.
   - c Hace mucho sol.

3. ¿Qué va a hacer Yolanda por la tarde?
   - a Va a visitar museos y monumentos.
   - b Va a ir a las montañas.
   - c Va a hacer un curso de surf.

4. ¿Qué problema tiene Raúl en Madrid?
   - a Sus amigos no están.
   - b Mañana va a llover.
   - c No puede dormir.

5. ¿Qué actividad va a hacer Lucía en Tarifa?
   - a Va a ir a un campamento.
   - b Va a hacer surf.
   - c Va a visitar la ciudad.

6. ¿Cómo es el camping para Lucía?
   - a Es genial porque hay muchas familias.
   - b Es un rollo porque hace frío por la noche.
   - c Es aburrido porque no hay chicos de su edad.

7. ¿Por qué dice Omar que van a necesitar un pijama en Ribadesella?
   - a Porque va a hacer frío.
   - b Porque va a llover.
   - c Porque Raúl necesita un pijama nuevo.

8. ¿Qué planes tiene Yolanda en los próximos días?
   - a Quiere ir de campamento.
   - b Quiere mandar un vídeo.
   - c Tiene que hacer la maleta.

2 ¿Para qué son perfectos estos lugares y estas personas? Escribe frases como en el ejemplo. Puedes usar los verbos de la casilla.

Ejemplo: Tarifa es el lugar perfecto para hacer surf.
Mi hermano es la persona perfecta para estudiar Matemáticas.

lugares: Bogotá, ~~Tarifa~~, Madrid, un campamento, la costa, la montaña...

personas: mi mejor amigo/-a, ~~mi hermano/-a~~, mi madre, mi padre, mi profesor/a, mi tío/-a...

bailar • hablar de... • escuchar música • estar con chicos de mi edad • ~~hacer surf~~ • visitar museos y monumentos • hacer senderismo • ir a la piscina • ir de compras • ...

3 Completa el texto sobre Lucía con las preposiciones correctas.

a (2x) • al • con (2x) • de (2x) • de la • del • en (3x) • para (4x)

Lucía García Serrano vive (1) ____________ Madrid, (2) ____________ la calle de Don Pedro. Normalmente va (3) ____________ pie (4) ____________ instituto, pero a veces también va (5) ____________ autobús. Cerca (6) ____________ instituto hay una heladería. Es la heladería favorita (7) ____________ Lucía. Al lado (8) ____________ heladería hay un parque. Lucía siempre queda allí (9) ____________ sus amigos (10) ____________ pasear al perro de Omar.

En verano, la familia (11) ____________ Lucía va (12) ____________ Andalucía. Allí va a hacer un curso de surf. (13) ____________ el curso necesita un traje de neopreno[1]. Además, Lucía quiere quedar (14) ____________ su prima Clara que vive en Cádiz.

(15) ____________ Lucía, las vacaciones son la playa, el deporte y los amigos. ¿Y (16) ____________ ti?

4 ¿Qué tiempo hace en Madrid? Escucha y marca con una cruz las seis opciones correctas.

sábado

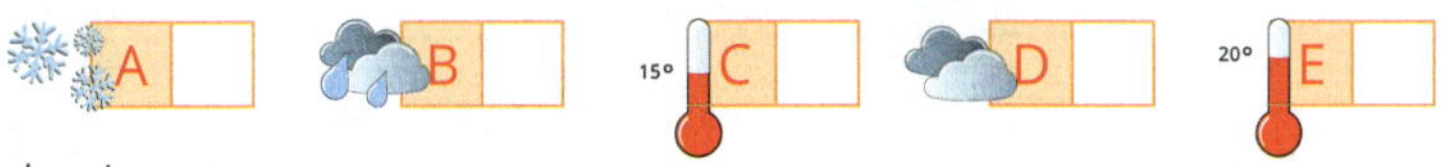

domingo

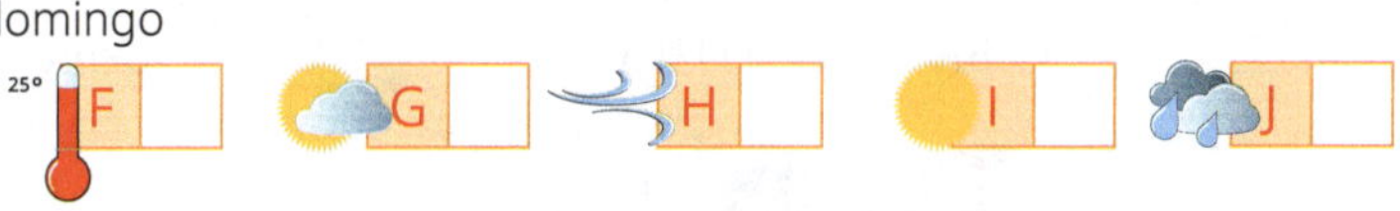

5 Escucha los mensajes de los chicos. ¿Qué tiempo hace en los lugares donde están? Relaciona los nombres con las imágenes. Una imagen sobra.

6 En parejas, haced el ejercicio tándem de la página 114.

[1]**el traje de neopreno** der Neoprenanzug

7 Raúl habla de su amigo Omar. Completa el texto con la forma correcta de *mucho/-a* (+) y *poco/-a* (-).

Mi amigo Omar es genial. En su tiempo libre hace (1) ________________ (+) cosas.
Pasa (2) ________________ (+) tiempo con su perro, Copito. Además, siempre tiene (3) ________________ (+) ideas. Nos gusta ir al centro. Allí hay (4) ________________ (-) polideportivos, pero sí hay (5) ________________ (+) tiendas de ropa. Yo tengo (6) ________________ (-) ropa, pero a Omar le gusta ir de compras. Después, tomamos un helado y vamos al parque. Cuando[1] hay (7) ________________ (+) gente allí, vamos a su casa. Omar no tiene hermanos, pero tiene (8) ________________ (+) mascotas. Sus hámsteres son muy activos. En su habitación hay (9) ________________ (+) videojuegos y (10) ________________ (-) libros.
A veces, también jugamos al fútbol. Además, en el barrio hay (11) ________________ (+) chicos y (12) ________________ (+) chicas que juegan con nosotros.

8 Mira los dibujos y completa las frases con la forma correcta de *mucho/-a* y *poco/-a*.

1. Jaime tiene ________________ mochilas.

2. En el hotel hay ________________ gente.

3. En el plato hay ________________ bocadillos.

4. Carlos tiene ________________ tiempo porque tiene clase.

5. En la playa hay ________________ gente.

6. Ana siempre come ________________ pan[2].

7. En el aula hay ________________ alumnos.

8. En mi pueblo hay ________________ montañas.

[1] **cuando** wenn [2] **el pan** das Brot

9 **Escribe un poema sobre el verano. Puedes usar un diccionario.** Schreibe ein Elfchen-Gedicht über den Sommer. Übernimm die Anzahl der Wörter pro Zeile aus dem Beispiel.

Ejemplo:

VERANO
Hace sol
Como un helado
Voy a la playa
Vacaciones

VERANO
_____ _____
_____ _____ _____
_____ _____ _____ _____
_____

10 a) **Busca todas las palabras que puedes formar con las letras de las palabras como en el ejemplo.**

1. instituto: *ti, tío, Tito, tú, tus, uno*
2. vaqueros: ____________________
3. vacaciones: ____________________
4. centro comercial: ____________________
5. restaurante: ____________________
6. cumpleaños: ____________________

b) **Compara con tu compañero/-a.** Wer hat am meisten Wörter gefunden?

11 Ein Freund von dir möchte an einem Camp in Spanien teilnehmen, aber ist nicht sicher, ob er alles versteht. Er hat dir eine Nachricht mit vielen Fragen geschickt. Sieh dir den Flyer an und antworte auf seine Nachricht.

12 Escribe el antónimo de las expresiones siguientes. Schreibe das Gegenteil auf.

1. Hace frío. ≠ ______________________
2. divertido/-a ≠ ______________________
3. poco/-a ≠ ______________________
4. el verano ≠ ______________________
5. el planazo ≠ ______________________
6. después de ≠ ______________________

13 Lee el texto y marca la palabra correcta con una cruz. Después, escribe la palabra correcta en la línea.

El verano de Jessi:

Mañana (0) __ya__ empiezan las vacaciones y Jessi (1) ______________ a ir de campamento al norte de Portugal. El campamento está en un (2) ______________ nacional muy (3) ______________. Allí hay un (4) ______________ de actividades, por ejemplo, ir en bicicleta en la montaña, hacer senderismo (5) ______________ comer comida tradicional. Además, ella va a hacer un curso de portugués por las mañanas para aprender (6) ______________ idioma y hacer nuevos amigos. En el campamento hay muchos chicos de su (7) ______________ y dos piscinas. En su tiempo libre, los chicos (8) ______________ leer un libro, escuchar (9) ______________ música, jugar o nadar en la piscina. Pero Jessi ahora tiene que hacer la maleta (10) ______________ la ropa que necesita: unas zapatillas, dos (11) ______________, cinco vestidos, seis faldas, tres pantalones, siete camisetas y, claro, cuatro sudaderas (12) ______________ las noches.

0.	A	X	ya	B		todavía	C		no
1.	A		voy	B		vas	C		va
2.	A		lugar	B		parque	C		aeropuerto
3.	A		famosa	B		famosos	C		famoso
4.	A		poco	B		montón	C		muchas
5.	A		y	B		pero	C		pues
6.	A		la	B		los	C		el
7.	A		edad	B		años	C		año
8.	A		puedes	B		pueden	C		podemos
9.	A		/	B		la	C		una
10.	A		con	B		por	C		para
11.	A		pijamas	B		piyamas	C		pijama
12.	A		en	B		por	C		para

14 Una familia habla de las vacaciones de verano. ¿Qué planes tiene cada persona? En grupos de cuatro, haced un juego de rol. Empieza el padre.

Macht zu viert das Rollenspiel. Jede/r bereitet seine / ihre Rolle vor. Einigt euch zum Schluss auf eine Lösung. Der Vater beginnt das Gespräch.

Así se dice

Vale. / No, ... no me gusta. Quiero...
(No) me gustan tus planes porque...
¡... es un planazo! ¡Ir a... / ... mola mucho!
¡Qué guay / chulo ir a... / hacer...!
Para mí ir a... es horrible / genial.
Entonces, primero vamos a... y después...

El padre

- ☺ *an den Strand fahren*
- ☺ *einen Surfkurs machen*
- ☺ *im Hotel erholen*
- ☹ *in den Bergen Urlaub machen*

La madre

- ☺ *Reise mit dem Wohnmobil*
- ☺ *Wandern in den Bergen*
- ☹ *am Strand liegen*

El hijo

- ☺ *Cousins treffen*
- ☺ *Fußball spielen*
- ☺ *lesen*
- ☹ *Urlaub nur mit der Familie*

La hija

- ☺ *zu Hause bleiben*
- ☺ *Zeit mit der Freundin verbringen (ins Schwimmbad gehen, Musik hören)*
- ☺ *mit dem Hund der Freundin spielen und mit ihm spazieren gehen*

15 Estás de vacaciones. Escribe una postal para un/a amigo/-a de España o Latinoamérica. Puedes contestar a estas preguntas:

- ¿Dónde estás? ¿Con quién estás?
- ¿Qué tiempo hace hoy?
- ¿Qué planes tienes para los próximos[1] días? ¿Qué actividades vas a hacer?
- ¿Qué medios de transporte necesitas para tus planes?
- ...

Hola, ______________________:

¿Qué tal? Yo estoy en ______________________

Aquí hoy hace ______________________

____

____

____

____

[1] **próximo/-a** nächste/r/s

Audio:
WES-113727-100

Comprensión auditiva

1 **Escucha el pronóstico del tiempo para San Sebastián y marca con una cruz las opciones correctas para cada día.**

	miércoles	jueves	viernes	sábado y domingo
 18				

 24 - 30				

Expresión oral

2 **Escribe las frases.** Schreibe die Sätze auf Spanisch auf.
Was sagst du, wenn du sagen möchtest, …

1. dass es heute windig ist und regnet?

Hoy ______________________________

2. dass du nicht gern mit dem Bus fährst?

No me gusta ______________________________

3. dass dein Freund immer mit dem Rad zur Schule fährt?

Mi amigo siempre ______________________________

4. dass du viele Bücher zu Hause hast?

Tengo ______________________________

5. dass es in deinem Viertel wenig Geschäfte gibt?

En mi barrio ______________________________

6. dass das Auto, das dein Vater kaufen wird, rot ist?

El coche ______________________________

Comprensión lectora

3 a) **Lucía escribe un e-mail a Clara, que va a pasar un fin de semana en Madrid. Lee el e-mail y marca con una cruz el asunto apropiado.** Welcher Betreff passt am besten zu der E-Mail? Kreuze an.

- ☐ Mi vida en Madrid
- ☐ ¿Qué tal?
- ☐ Nuestro fin de semana
- ☐ Monumentos en Madrid

Para: clara_sanchez@quepasa.es
Asunto: ...

¡Hola, Clara!
¿Cómo estás? ¿Qué tal la vida en Cádiz? Yo estoy regular porque la semana que viene hay dos exámenes en el insti... Pero: En dos semanas vas a estar aquí en Madrid. ¡Vamos a pasar un fin de semana genial! Tengo muchos planes:
Primero, podemos ir a la Puerta del Sol el viernes por la tarde. Es un lugar muy importante de Madrid y allí puedes sacar muchas fotos. Por la noche, vamos a comer con mis padres y con Miguel en un restaurante cerca de la Plaza Mayor.
El sábado por la mañana, vamos a ir al Parque del Retiro. Es un parque muy grande y allí vamos a hacer un pícnic con Raúl, Yolanda y Omar. Pero antes, tenemos que comprar unos bocadillos en la panadería. Después del pícnic, podemos ir al cine. Pero el domingo no podemos dormir mucho porque vamos a ir al Rastro, que abre a las nueve. Allí puedes comprar muchas cosas. Yo quiero buscar un regalo para mi amiga Elena.
¿Te gustan mis planes? ¿O quieres hacer algo diferente?

Un beso,
tu prima Lucía

b) **Lee otra vez el e-mail y contesta a las preguntas.**

1. ¿Por qué Lucía está regular?

   ____

2. ¿Qué puede hacer Clara en la Puerta del Sol?

   ____

3. ¿Dónde van a comer el viernes por la noche?

   ____

4. ¿Con quiénes van a ir al Parque del Retiro?

   ____

5. ¿Por qué tienen que comprar bocadillos?

   ____

6. ¿Qué quiere hacer Lucía en el Rastro?

   ____

Expresión escrita

4 **Tienes un mensaje de tu amiga Teresa. Lee el mensaje y contesta a sus preguntas en un mensaje.**

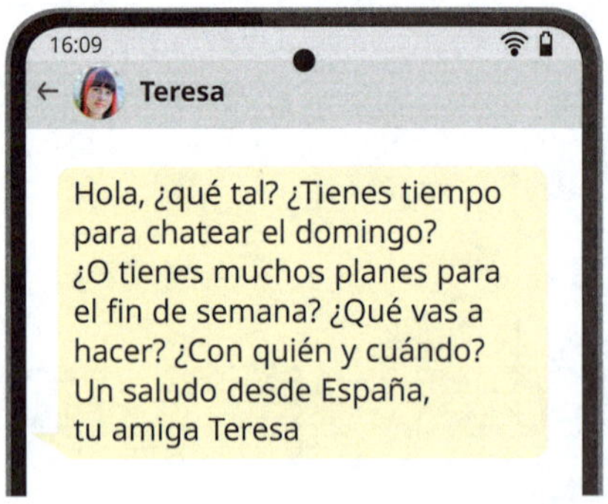

Autoevaluación

Ist dir etwas gelungen, kreuze ✔ an. Fällt dir etwas noch schwer, kreuze ¿? an.

	Kompetenz	✔	¿?	Lerntipps
1 Comprensión auditiva	Ich kann eine Wettervorhersage verstehen.			SB Seite 122: Aufgabe 4
2 Expresión oral	Ich kann Verkehrsmittel und Mengen angeben und über das Wetter sprechen.			SB Seite 115: Aufgabe 3 SB Seite 122: Aufgabe 4 SB Seite 123: Aufgabe 6-7
3 Comprensión lectora	Ich kann Fragen zu einem Wochenendplan beantworten.			SB Seite 116: Aufgabe 1
4 Expresión escrita	Ich kann über meine Pläne fürs Wochenende berichten.			SB Seite 117: Aufgabe 2 SB Seite 118: Aufgabe 3

Chuleta heißt übersetzt Spickzettel. Überlege dir, was du in Unidad 6 alles gelernt hast und fülle die Zettel aus. Die Seite kannst du anschließend nutzen, um dich auf die nächste Klassenarbeit vorzubereiten.

Das ist meine TOP 5 der neuen Wörter:

- ______
- ______
- ______
- ______
- ______

Dieses Wort schreibe ich oft falsch:

- ______

Das ist mir leichtgefallen:

- ______

Das muss ich noch üben:

- ☐ über den Urlaub sprechen
- ☐ Pläne für die Zukunft ausdrücken (**ir a** + Infinitiv)
- ☐ das Relativpronomen **que** (Tito es un chico que vive en Ribadesella.)
- ☐ **para** + Infinitiv (Quedamos para hacer los deberes.)
- ☐ über das Wetter sprechen
- ☐ Mengen angeben (**mucho/-a** und **poco/-a**)
- ☐ ______

Das freie Sprechen auf Spanisch klappt bei mir am besten, ...

- ☐ wenn ich mir vorher Notizen mache.
- ☐ wenn ich meinen Vortrag vor dem Spiegel übe.
- ☐ wenn ich die 3-Schritte-Methode anwende.
- ☐ wenn ich den Vortrag vorher aufnehme und mir das Video ansehe.
- ☐ ______

8 **¿Qué palabra es? Trabajad en parejas.** In den Tandemübungen arbeitet ihr immer zu zweit.

- Knickt den Bogen in der Mitte, damit jede Person nur eine Hälfte sehen kann.
- Legt fest, wer den A-Teil und wer den B-Teil sehen kann.
- A beginnt und buchstabiert das Wort. B hört zu und schreibt das Wort auf.
  Vergleicht und korrigiert falls nötig. Sagt abschließend noch mal das buchstabierte Wort.
- Dann buchstabiert B und A schreibt auf usw.

A	B
a – ese – te – u – erre – i – a – ese	______
______	ele – u – ce – i con tilde – a
eme – o – ene – te – a – eñe – a	______
______	a – de – i – o con tilde – ese
uve – a – ce – a – ce – i – o – ene – e – ese	______
______	hache – o – erre – erre – i – be – ele – e
pe – ele – a – ye – a	______
______	eme – u con tilde – ese – i – ce – a
hache – o – te – e – ele	______
______	jota – u – e – ge – o

9 Jugad en grupos. Dieses Bingo spielt ihr am besten in Gruppen von drei bis sechs Personen.

- Schneidet gemeinsam alle Karten aus. Jede/r bekommt eine große Spielkarte, auf der jeweils 16 Zahlen abgebildet sind. Die kleineren Karten mit den einzelnen Zahlen liegen verdeckt in der Mitte.
- Zieht reihum eine von den kleinen Zahlenkarten und lest die Zahl auf Spanisch laut vor. Alle Spieler/innen, auf deren Spielkarte diese Zahl vorkommt, dürfen sie ankreuzen.
- Wenn der Stapel einmal durchgespielt ist, mischt die Karten und fangt mit dem Ziehen von einem neuen Stapel an.
- Gewonnen hat, wer als erstes alle Zahlen in einer Reihe (senkrecht oder waagerecht) auf der eigenen Spielkarte angekreuzt hat.

0	1	2	3	4	5	6	7	8	9	10
1	12	13	14	15	16	17	18	19	20	

1	4	6	20
15	3	8	5
2	18	0	13
12	11	7	9

2	16	17	7
14	6	12	4
1	13	8	9
11	18	19	0

20	9	11	5
17	1	3	8
2	10	12	19
7	4	18	13

8	4	10	16
14	5	12	13
11	7	3	20
0	9	15	2

5	19	6	2
17	4	7	10
20	1	18	3
8	11	18	9

3	19	14	12
5	15	17	0
6	13	4	8
1	18	2	20

¿Qué pasa?

8 En parejas, haced un diálogo.

In dieser Tandemübung bildet ihr nach Vorgaben einen Dialog.

- Knickt den Bogen in der Mitte, damit jede/r nur eine Hälfte sehen kann.
- Legt fest, wer wen spricht. Die Sätze, die farbig sind, werden gesprochen.
- Mithilfe der fett markierten Lösungen könnt ihr euch gegenseitig kontrollieren.
- Helft euch aber nur, wenn es notwendig ist.
- Sprecht den Dialog nach dem ersten Durchgang noch einmal mit vertauschten Rollen.

Óscar
Óscar: ¡Hola! ¿Qué tal? *Enrique:* ¡Hola! Bien, ¿y tú?
Óscar: Bien también. ¿Cómo ~ (llamarse)? *Enrique:* **Me llamo** Enrique. Y tú, ¿cómo **te llamas**?
Óscar: Yo ~ (ser) Óscar y ~ (tener) 12 años. ¿Cuántos años ~ (tener) tú? *Enrique:* Yo **tengo** 11 años. ¡Pero mi hermana también **tiene** 12 años! Oye, ¿y de dónde **eres**?
Óscar: ~ (ser) de Salou. Es un pueblo cerca de Tarragona. ¿Y tú? *Enrique:* Yo soy de Salamanca. ¿**Tienes** hermanos?
Óscar: No, no ~ (tener) hermanos. Pero ~ (tener) una mascota. Es un caballo y ~ (llamarse) Momo. *Enrique:* ¡Guau! ¡Un caballo! Yo **tengo** una tortuga. **Se llama** Turbo.
Óscar: Oye, Enrique, ¿~ (quedar) mañana? *Enrique:* ¡Sí, claro! ¿Cuándo **quedamos**? ¿Por la tarde?
Óscar: Sí, genial. ¿~ (quedar) en el cine Sancho Panza? *Enrique:* Umm... ¿Qué tal en el bar Choconusco? Por la tarde, **tengo** hambre[1]...
Óscar: Jajaja. ¡Vale! Oye, ¿~ (tener) teléfono? *Enrique:* Sí, claro. **Es** el 658 345 022. ¿Y tú?
Óscar: Sí, mi número ~ (ser) el 618 123 667. *Enrique:* Genial. **Hablamos** mañana, ¿vale?
Óscar: ¡Vale! ¡Hasta mañana, Enrique! *Enrique:* ¡Adiós, Óscar!

Enrique
Óscar: ¡Hola! ¿Qué tal? *Enrique:* ¡Hola! Bien, ¿y tú?
Óscar: Bien también. ¿Cómo **te llamas**? *Enrique:* ~ (llamarse) Enrique. Y tú, ¿cómo ~ (llamarse)?
Óscar: Yo **soy** Óscar y **tengo** 12 años. ¿Cuántos años **tienes** tú? *Enrique:* Yo ~ (tener) 11 años. ¡Pero mi hermana también ~ (tener) 12 años! Oye, ¿y de dónde ~ (ser)?
Óscar: **Soy** de Salou. Es un pueblo cerca de Tarragona. ¿Y tú? *Enrique:* Yo soy de Salamanca. ¿~ (tener) hermanos?
Óscar: No, no **tengo** hermanos. Pero **tengo** una mascota. Es un caballo y **se llama** Momo. *Enrique:* ¡Guau! ¡Un caballo! Yo ~ (tener) una tortuga. ~ (llamarse) Turbo.
Óscar: Oye, Enrique, ¿**quedamos** mañana? *Enrique:* ¡Sí, claro! ¿Cuándo ~ (quedar)? ¿Por la tarde?
Óscar: Sí, genial. ¿**Quedamos** en el cine Sancho Panza? *Enrique:* Umm... ¿Qué tal en el bar Choconusco? Por la tarde, ~ (tener) hambre[1]...
Óscar: Jajaja. ¡Vale! Oye, ¿**tienes** teléfono? *Enrique:* Sí, claro. ~ (ser) el 658 345 022. ¿Y tú?
Óscar: Sí, mi número **es** el 618 123 667. *Enrique:* Genial. ~ (hablar) mañana, ¿vale?
Óscar: ¡Vale! ¡Hasta mañana, Enrique! *Enrique:* ¡Adiós, Óscar!

[1] **tener hambre** Hunger haben

11 En parejas, preguntad y contestad.

Knickt den Bogen in der Mitte, damit jede/r nur eine Hälfte sehen kann. Legt fest, wer den A- und wer den B-Teil bekommt. Fragt euch gegenseitig nach den fehlenden Angaben und vervollständigt die Steckbriefe. Vergleicht hinterher die Lösungen. A beginnt wie im Beispiel.

Ejemplo: A: ¿Cómo te llamas? – B: Me llamo Camila Cabello.
A: ¿Cuántos años tienes? – B: Tengo...
A: ¿De dónde eres? – B: ...

A	B
1. Una cantante[1]	**1. Una cantante[1]**
Nombre: ______	Nombre: Camila
Apellidos: ______	Apellidos: Cabello Estrabao
Origen: ______	Origen: La Habana (Cuba)
Lenguas: ______	Lenguas: español e inglés
Mascotas: ______	Mascotas: un perro (nombre: Tarzán)
2. Un futbolista[2]	**2. Un futbolista[2]**
Nombre: Lionel	Nombre: ______
Apellidos: Messi Cuccittini	Apellidos: ______
Origen: Rosario (Argentina)	Origen: ______
Lenguas: español, catalán, inglés e italiano	Lenguas: ______
Mascotas: tres perros (nombres: Hulk, Toby y Abú)	Mascotas: ______
3. Un *youtuber*	**3. Un *youtuber***
Nombre: ______	Nombre: Rubén
Apellidos: ______	Apellidos: Doblas Gundersen
Origen: ______	Origen: Mijas (España)
Lenguas: ______	Lenguas: español, inglés y noruego
Mascotas: ______	Mascotas: un gato (nombre: Wilson)
4. Una cantante[1]	**4. Una cantante[1]**
Nombre: Aitana	Nombre: ______
Apellidos: Ocaña Morales	Apellidos: ______
Origen: Barcelona (España)	Origen: ______
Lenguas: español, catalán e inglés	Lenguas: ______
Mascotas: dos perros (nombres: Sopa y Oliva)	Mascotas: ______

[1] **la cantante** die Sängerin [2] **el futbolista** der Fußballer

2 Jugad en grupos.
Klebt die Spielkarten auf festes Papier und schneidet sie aus. Einigt euch, mit wessen Kartensatz ihr spielt. Dreht die Karten vor Beginn um und mischt sie. Die Karte mit dem Bild des Lehrers und **el libro** ist die Startkarte. Teilt die anderen Karten gleichmäßig auf. Legt passende Bilder bzw. Wörter im Uhrzeigersinn an. Wer nicht anlegen kann, setzt aus. Und wer zuerst keine Karten mehr hat, gewinnt.
Später könnt ihr euer Spiel mit anderen Wortfeldern erweitern. Dann habt ihr am Ende ein umfangreiches Spiel, mit dem ihr wichtige Vokabeln wiederholen könnt.

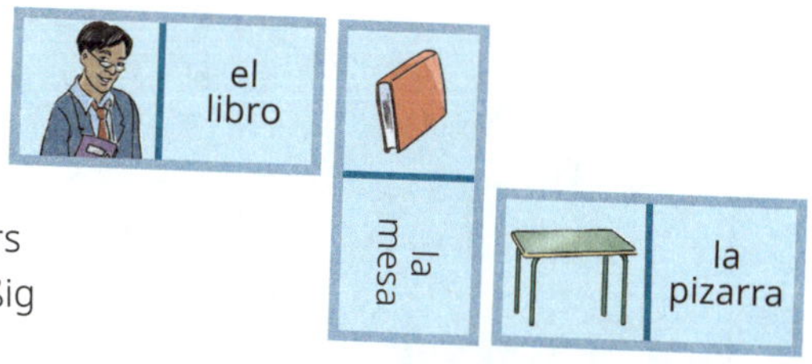

					la puerta
	la silla		el lápiz		la mesa
	el mapa		la carpeta		el libro
	la ventana		el cuaderno		la alumna
	el bolígrafo		la pizarra		el alumno
	la papelera		el estuche		la tiza
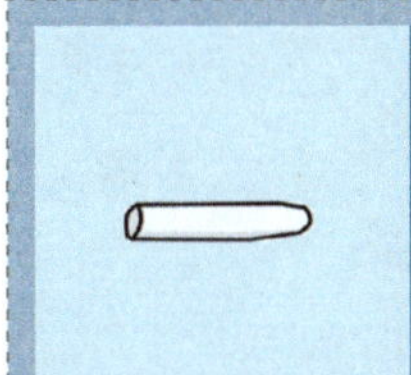	la tableta		la profesora		la pluma
	la mochila		la calculadora		

11 En parejas, haced un diálogo.

In dieser Tandemübung bildet ihr nach Vorgaben einen Dialog.

- Knickt den Bogen in der Mitte, damit jede/r nur eine Hälfte sehen kann.
- Legt fest, wer wen spricht. Die Sätze, die farbig sind, werden gesprochen.
- Mithilfe der fett markierten Lösungen könnt ihr euch gegenseitig kontrollieren.
- Helft euch aber nur, wenn es notwendig ist.
- Sprecht den Dialog nach dem ersten Durchgang noch einmal mit vertauschten Rollen.

Lara	Ángela
Lara: ¡Hola, Ángela! ¿Cómo ~ (estar)? *Ángela:* ¡Hola, Lara! Bien, ¿y tú?	*Lara:* ¡Hola, Ángela! ¿Cómo **estás**? *Ángela:* ¡Hola, Lara! Bien, ¿y tú?
Lara: Yo ~ (estoy) bien también. Oye, ¿cómo ~ (ser) tu clase de Alemán? *Ángela:* ¡Genial! ¡Mi profesor **es** genial!	*Lara:* Yo **estoy** bien también. Oye, ¿cómo **es** tu clase de Alemán? *Ángela:* ¡Genial! ¡Mi profesor ~ (ser) genial!
Lara: ¿Y ~ (comprender, tú) los deberes? *Ángela:* Sí. Mi profesor **lee** despacio[1] y **escribe** las frases en la pizarra. ¿Cómo es tu clase?	*Lara:* ¿Y **comprendes** los deberes? *Ángela:* Sí. Mi profesor ~ (leer) despacio[1] y ~ (escribir) las frases en la pizarra. ¿Cómo es tu clase?
Lara: Mi clase es regular... Yo no ~ (comprender) los deberes y mi profe no ~ (escribir) en la pizarra... *Ángela:* Oh... ¿cómo **se llama** tu profesora?	*Lara:* Mi clase es regular... Yo no **comprendo** los deberes y mi profe no **escribe** en la pizarra... *Ángela:* Oh... ¿cómo ~ (llamarse) tu profesora?
Lara: Se llama Milagros... Y tu profesor, ¿quién ~ (ser)? *Ángela:* Mi profesor se llama Jorge. Oye, Lara, ¿**quedamos** hoy por la tarde y **comemos** un helado?	*Lara:* Se llama Milagros... Y tu profesor, ¿quién **es**? *Ángela:* Mi profesor se llama Jorge. Oye, Lara, ¿~ (quedar, nosotros) hoy por la tarde y ~ (comer) un helado?
Lara: No... hoy ~ (tener, yo) deberes de Alemán. *Ángela:* ¡Yo también! ¿**Quedamos** y **escribimos** los deberes de Alemán en tu casa?	*Lara:* No... hoy **tengo** deberes de Alemán. *Ángela:* ¡Yo también! ¿~ (quedar, nosotros) y ~ (escribir) los deberes de Alemán en tu casa?
Lara: ¡Vale! Gracias, Ángela. ¿Qué ~ (necesitar, tú) para los deberes? *Ángela:* **Necesito** un estuche con bolis y lápices y un cuaderno. Y tú, ¿qué **necesitas**?	*Lara:* ¡Vale! Gracias, Ángela. ¿Qué **necesitas** para los deberes? *Ángela:* ~ (necesitar, yo) un estuche con bolis y lápices y un cuaderno. Y tú, ¿qué ~ (necesitar)?
Lara: Yo ya ~ (tener) un estuche en la mochila, pero también ~ (necesitar) un cuaderno. *Ángela:* Bueno, por la tarde **estoy** en tu casa, ¿vale?	*Lara:* ¡Yo ya **tengo** un estuche en la mochila, pero también **necesito** un cuaderno. *Ángela:* Bueno, por la tarde ~ (estar) en tu casa, ¿vale?
Lara: Vale. ¡Hasta luego, Ángela! *Ángela:* ¡Hasta luego, Lara!	*Lara:* Vale. ¡Hasta luego, Ángela! *Ángela:* ¡Hasta luego, Lara!

[1] **despacio** langsam

11 ¿Qué números tienes? Trabajad en parejas.

In dieser Tandemübung diktiert ihr euch gegenseitig Zahlen.

- Knickt den Bogen in der Mitte, damit jede/r nur eine Hälfte sehen kann.
- Legt fest, wer den A- und wer den B-Teil bekommt.
- A diktiert die Zahlen, die unten auf seinem/ihren Bogen stehen. B verbindet die Zahlen in der eigenen Hälfte in der gehörten Reihenfolge mit einem Strich.
- Dann tauscht ihr die Rollen: B diktiert und A zeichnet.
- Was erkennt ihr auf euren Bögen?

A

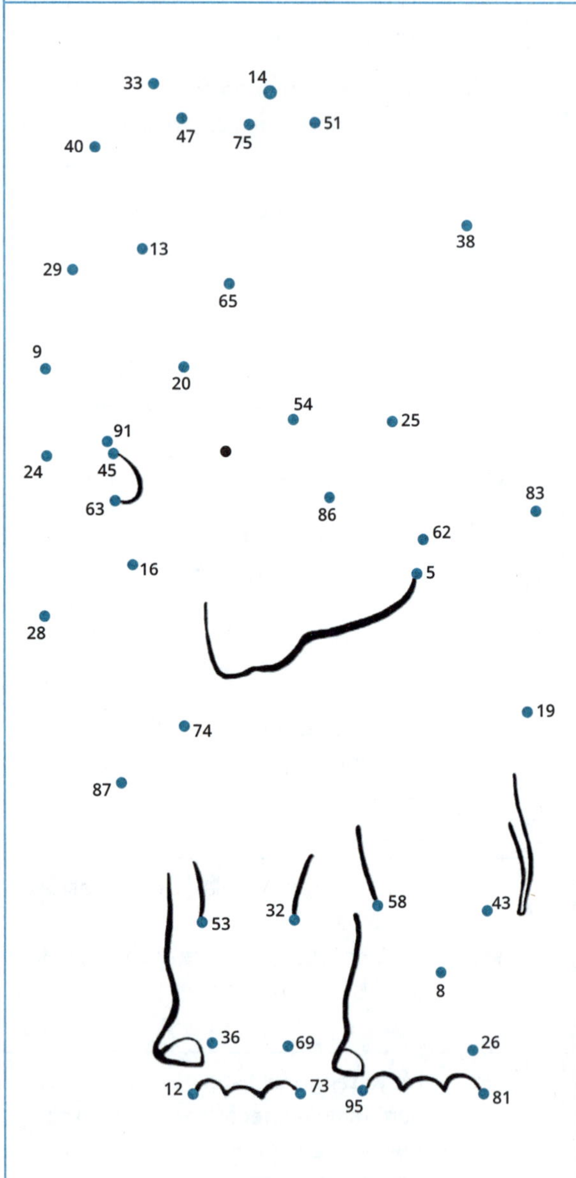

15, 88, 27, 44, 93,
11, 36, 61, 16, 59,
72, 10, 24, 50, 94,
77, 48, 35, 12, 83,
14, 68, 32, 29, 4,
22, 85, 46, 17, 63

B

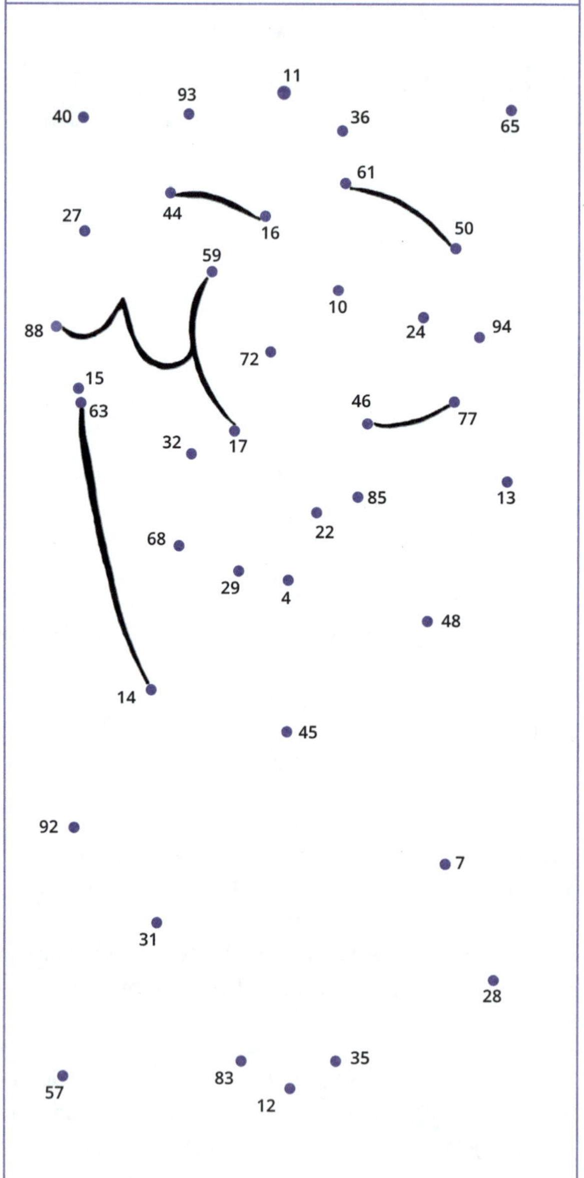

91, 29, 33, 14, 75,
47, 13, 20, 54, 86,
62, 5, 19, 43, 26,
81, 95, 58, 32, 69,
73, 12, 36, 53, 87,
16, 63, 24, 9, 45

10 ¿Quién es quién? En parejas, preguntad y contestad.

- Legt fest, wer den A- und wer den B-Teil bekommt und deckt jeweils das Bild des Partners/der Partnerin ab.
- Fragt euch gegenseitig nach den Namen, die in euren Bildern fehlen (s. Namen unter dem Bild).
- Euer Partner/eure Partnerin hat in seinem/ihren Bild die Lösung und antwortet wie im Beispiel.
- Schreibt die fehlenden Namen in die Kästchen.

Ejemplo: A: ¿Quién es Sara? ¿Qué ropa lleva? – B: Sara tiene el pelo... Lleva...

A

Sara • Enrique • Diego • Nora • Alba • Emma

B

Martín • Tiago • Vania • Paula • Javier • Marta

6 **¿Qué tiempo hace? En parejas, preguntad por el tiempo que hace en las diferentes ciudades de Colombia.**

- Legt fest, wer den A- und wer den B-Teil bekommt und deckt jeweils die Karte des Partners/der Partnerin ab.
- Fragt euch gegenseitig nach dem Wetter in den umrandeten Städten. Euer Partner/eure Partnerin hat auf seiner/ihrer Karte die Lösung und antwortet. Malt die fehlenden Informationen zum Wetter in die Kästchen auf eurer Karte.

Ejemplo: A: ¿Qué tiempo hace hoy en Medellín?
B: Hoy, en Medellín…

In die Verbtabellen kannst du die wichtigsten Konjugationen eintragen, die du in diesem Schuljahr lernst.
In den **Unidades** wird jedes Mal darauf hingewiesen, wenn du hierher blättern und eine Spalte ausfüllen sollst.
Trage die passenden Verbformen ein und ergänze neben den Infinitiven ihre deutsche Bedeutung.

1 Meine ersten Verben **Mis primeros verbos**

	ser (**)**	**tener (** **)**	**estar (** **)**
yo			
tú			
él / ella, usted			
nosotros/-as			
vosotros/-as			
ellos/-as, ustedes			

2 Die regelmäßigen Verben auf *-ar/-er/-ir* **Los verbos regulares en *-ar/-er/-ir***

hablar (**)**	**comprender (** **)**	**compartir (** **)**

3 Die Spaltungsverben **Los verbos con diptongación**

querer (**) e → ie**	**jugar (** **) u → ue**	**poder (** **) o → ue**

4 Das Verb *gustar* **El verbo *gustar***

betont	unbetont	gustar ( )	
			leer.
			el español.
			los perros.
A nosotros/-as	*nos*	*gustan*	las montañas.
A vosotros/-as	*os*	*gusta*	el cine.
A ellos/-as	*les*	*gusta*	nadar.

5 Die unregelmäßigen Verben **Los verbos irregulares**

hacer ( )	ir ( )	ver ( )

Evaluación 1

1 **1.** Alicante,
2. Pedro,
3. Carmen,
4. Granada

2 *Miguel - bien, Raúl - regular, Tito - fatal, el papá de Lucía - muy bien, Lucía - mal*

3 *Texto A - Foto 5, Texto B - Foto 4, Texto C - Foto 2 y 7, Texto D - Foto 6, Texto E - Foto 1, Texto F - Foto 3*

4 Lösungsvorschlag: *¡Hola, chicos y chicas! ¿Qué tal? Yo muy bien. Me llamo Leandra Baumgarten y soy de Bonn. Para mí, las vacaciones son el sol, la playa, las amigas y los helados. ¿Y para ti?*

5 **1.** *¡Hola! / ¡Buenos días! / ¡Buenas tardes/noches!*
2. *¿Cómo te llamas?*
3. *¿De dónde eres?*
4. *Me llamo / Soy... Soy de...*
5. *¿Qué tal? / ¿Cómo estás?*
6. *Adiós. / Hasta luego.*

Evaluación 2

1 10, 5, 12, 1, 8, 15, 7, 2

2 **1.** *Lucía* – A. *hoy por la tarde,*
2. *Miguel* – C. *mañana por la mañana,*
3. *Raúl* – B. *hoy por la noche,*
4. *Clara* – D. *mañana por la tarde*

3 Lösungsvorschlag: *Raúl tiene doce años. Es de Madrid. El barrio de Raúl se llama La Latina. No tiene hermanos. Es un amigo de Lucía y Omar. Estudia inglés y alemán en el instituto. Pasa las vacaciones en Ribadesella.*

4 **1.** *¿Cómo te llamas?*
2. *¿Cuántos años tienes?*
3. *¿Hablas inglés?*
4. *¿Tienes mascotas?*
5. *¿Cuándo paseas a tu/al perro?*
6. *¿Dónde quedas con los amigos?*

5 **1.** *Es de Rosario (Argentina).*
2. *Tiene 10 años.*
3. *Se llaman Felipe y Camila. Camila tiene 4 años y Felipe tiene 12 años.*
4. *Queda con los amigos por la tarde en el centro, en el parque o en el cine.*
5. *No, no tiene mascotas.*
6. *Es el perro de (su amiga) Mabel.*

Evaluación 3

1 **1.** *pizarra,* **2.** *cuaderno,* **3.** *estuche, cuaderno,* **4.** *libro*

2 **1.** *¿Dónde está el gimnasio?*
2. *Mi asignatura favorita es Inglés.*
3. *¿Hay un supermercado cerca de aquí?*
4. *Mi casa está enfrente del museo.*
5. *No comprendo los deberes.*
6. *Siempre como un bocadillo en los recreos.*

3 Lösungsvorschlag: *Mi insti ideal es muy grande y hay alumnos de diferentes países. Los profesores son muy simpáticos y agradables. Además, siempre tenemos pocos deberes. No hay exámenes y tenemos tres recreos todos los días. En mi insti ideal hay sofás para los alumnos y una sala muy grande para ver películas con los profes. Finalmente, en mi insti ideal tenemos excursiones geniales.*

4 **1.** *En clase*
2. *En una cafetería*
3. *En una fiesta*
4. *En un mercadillo*
5. *En casa*
6. *En un supermercado*
7. *En una biblioteca*

Evaluación 4

1 **1.** – I, **2.** – E, **3.** – A, **4.** – G, **5.** – B, **6.** – C, **7.** – D

2 **1.** *Clara lleva gafas.*
2. *Tito es alto.*
3. *¿Quién es la abuela de Raúl?*
4. *¿Adónde va la profesora?*
5. *La camiseta es azul.*
6. *El libro es nuevo.*
7. *¿Cuántos primos tiene tu compañero/-a de conversación?*

3 **1.** *Iker,* **2.** *Iñaki,* **3.** *Marta,* **4.** *Jorge,* **5.** *Bernat,* **6.** *Eusebio,* **7.** *Carmen,* **8.** *Miren,* **9.** *Borja*

4 Lösungsvorschlag: *Maite es morena y tiene el pelo castaño, largo y liso. Ella lleva gafas, una camiseta rosa y una falda rosa con mariposas. En la mano tiene un vaso de agua. El hermano de Maite se llama Rafael y también es amigo de Iker. Rafael también es moreno, tiene el pelo corto de color castaño y lleva gafas. Lleva una camiseta azul y un pantalón vaquero. Emma es pelirroja y tiene los ojos azules. Su pelo es liso y largo. Lleva una camiseta beige y una camisa azul y blanca.*
Javier tiene el pelo castaño, liso y un poco largo. Tiene los ojos marrones. Es un chico alto. Javier lleva una camiseta verde, una camisa verde y un pantalón marrón. En la mano tiene un móvil.

Evaluación 5

1 ***¿Quiénes quedan?***
1. *Carlos y Alejandro*
2. *Raquel y Luis*
3. *Anne e Iker*

¿Qué día quedan?
1. *mañana*
2. *el jueves*
3. *hoy*

¿A qué hora quedan?
1. *a las 5 y media*
2. *a las 7 menos cuarto*
3. *a las 6*

¿Dónde quedan?
1. *en el parque*
2. *en casa (de Luis)*
3. *en la playa (La Zurriola)*

2
1. *A Lucía le gusta tocar la batería.*
2. *Hoy no puedo ir de compras.*
3. *Mis hermanos tienen que ordenar su/la habitación.*
4. *Raúl quiere comprar unos zapatos nuevos.*
5. *Son las nueve de la mañana.*
6. *Me gustan las sudaderas.*

3 Lösungsvorschlag: *Hola, Diego:*
¿Cómo estás? Yo estoy muy bien. En mi armario hay un montón de ropa. Por ejemplo, tengo sudaderas y jerseys. ¡Las sudaderas molan mucho! También tengo camisetas, camisas, jerseys para el invierno... Ah, y también tengo faldas y vestidos, pero tengo más pantalones. Pues: tengo un pantalón negro, uno verde, uno blanco, y tres vaqueros. ¿Y tú, cuántos tienes? Además, tengo varios zapatos, por ejemplo, tengo unas botas negras, unas zapatillas blancas y otras rojas. Y, claro, también tengo gafas de sol y chaquetas.
¿Y tú, qué ropa tienes?
Un beso
Melissa

4
1. ***Tiene familia en Alemania:*** *Tarik y Daniel.*
2. ***Toca en un grupo de música:*** *Tarik y Ana.*
3. ***Pasa las vacaciones de verano en Alemania:*** *Daniel.*
4. ***No le gusta el fútbol:*** *Francisco y Ana.*
5. ***Tiene una mascota:*** *Tarik y Ana.*
6. ***Le gusta la música:*** *Tarik, Daniel, Francisco y Ana.*

Evaluación 6

1 ***Miércoles:*** *termómetro de 18 grados y paraguas (llueve).*
Jueves: *nube (nublado) y tornado (mucho viento).*
Viernes: *nube, sol y termómetro de 24-30° (calor).*
Sábado y domingo: *sol y termómetro de 24-30°.*

2
1. *Hoy hace viento y llueve.*
2. *No me gusta ir en autobús.*
3. *Mi amigo siempre va al instituto en bicicleta.*
4. *Tengo muchos libros en casa.*
5. *En mi barrio hay pocas tiendas.*
6. *El coche que va a comprar mi padre es rojo.*

3 a) *Nuestro fin de semana*

3 b)
1. *Lucía está regular porque la semana que viene hay dos exámenes.*
2. *Clara puede sacar muchas fotos.*
3. *Van a comer en un restaurante cerca de la Plaza Mayor.*
4. *Van a ir al Parque del Retiro con Omar, Raúl y Yolanda.*
5. *Tienen que comprar bocadillos porque van a hacer un pícnic.*
6. *Lucía quiere buscar un regalo para su amiga Elena.*

4 Lösungsvorschlag: *Hola, Teresa:*
Yo estoy muy bien, ¿y tú? El domingo tengo tiempo para chatear por la noche. Antes no puedo porque tengo un montón de planes. El viernes por la tarde, viene una amiga de España de visita y vamos a ir al Mar del Norte con la autocaravana. También estamos allí el sábado porque hay unas playas muy bonitas. En la noche del sábado, vamos a ir al cine con unos amigos. Luego, el domingo por la mañana vamos a hacer senderismo. Nosotras podemos quedar para chatear a las ocho de la tarde, ¿vale?
Un saludo desde Alemania,
tu amiga Lelia

Bildquellen
123RF.com, Hong Kong: imtmphoto 31.2. |Alamy Stock Photo, Abingdon/Oxfordshire: DCarreno 5.1; Doyle, Paul 39.1; Hirgon 39.4, 79.3; Japhotos 39.3; Naoumova, Irina 12.1; Wilson, Ray 87.3; Zoonar GmbH 39.8. |Alamy Stock Photo (RMB), Abingdon/Oxfordshire: Azenha, Sergio 5.15; Carlos Mora 93.6; G Scammell 21.3; G.P.Essex 31.7; Krsmanovic, Dejan 41.5; Mannings, Celia 29.1; Peter Horree 39.7; Zoonar GmbH 72.5; ZUMA Press 93.2. |Aula de la Naturaleza JM, Malaga: 97.1. |Berghahn, Matthias, Bielefeld: 90.3. |Dölling, Andrea, Berlin: 24.6. |fotolia.com, New York: .shock 39.6; Arnold 72.2; Danaan 20.1; Figurniy Sergey 32.1; Figurnyi, Sergii 31.6; Hildebrandt, E. 66.2; Kaesler Media 93.1; Sport Moments 21.8; VRD 21.7; © Roger Mcwilliam 5.17. |Getty Images, München: Alvarez, Carlos 57.1; Europa Press News 40.5. |Getty Images (RF), München: Jon Hicks 5.16; kate_sept2004 Titel. |Göntgen, Isabelle, Zell unter Aichelberg: 90.4. |Hammen, Josef, Trierweiler: 113.1, 113.2. |Imago, Berlin: imagebroker 21.4. |Imago Editorial, Berlin: xDreamstimexStargirlx 24.2. |iStockphoto.com, Calgary: Alex 41.1; aluxum 16.2; alvarez 20.2; andresr 87.4; Anna Bryukhanova 91.5; Antonio_Diaz 42.7; Bigmouse108 43.1, 43.2, 43.3, 43.4, 43.5, 43.6, 43.7, 43.8; bravo1954 40.3; Brzozowska 13.2; ChandraDhas 93.4; colematt 76.1; Deejpilot 21.9; diegograndi 88.5; dr-interior 42.9; f9photos 31.3; FatCamera 92.4; FCerez 41.2; gvictoria 28.19; in FocusDC 13.1; Juanmonino 73.13; LSOphoto 73.14; MDV Edwards 29.5; Mehmet Hilmi Barcin 102.1; Mixmike 16.1; Moore Media 29.3; mu_mu_ 28.4, 28.5, 28.6; Muenz 28.1, 28.11, 28.12, 28.13, 28.14; my_wave_pictures 16.5; Nelson Mejia 93.7; Pavone, Sean 13.3; Peetakul, Khanistra 55.1, 55.2, 55.3, 55.4, 55.5, 55.6, 55.7, 55.9, 55.10, 55.11, 55.12, 55.13; PeopleImages 5.12; querbeet 88.2; Schmidt, Oksana 28.8; South_agency 75.1; Studioimagen73 Titel; swedewah 5.10; Vignjevic, Dobrila 97.2; Vunav V 88.1; Xurzon 72.8. |Kalch, Franziska, Gornau: 90.1. |Kehr, Karoline, Hamburg: 21.1, 26.1. |Marckwort, Ulf, Kassel: 90.2. |mauritius images GmbH, Mittenwald: CuboImages /Spanu, Enrico 88.3. |Olbrück, Lisa, Siegburg: 83.1. |PantherMedia GmbH (panthermedia.net), München: Berg, Martina 72.1; homiel 91.1; jayantbahel 42.5; Philippe, Renaud 5.13. |Ruthe, Oda, Braunschweig: 73.1, 73.2, 73.3, 73.4, 73.5, 73.6, 73.7, 73.8, 73.9, 73.10, 73.11, 73.12. |Shutterstock.com, New York: 7.5, 7.10, 7.16; 2d collection 7.1, 7.2, 7.3, 7.4, 7.6, 7.7, 7.8, 7.9, 7.11, 7.12, 7.13, 7.14, 7.15; alvarog1970 39.5; BearFotos 45.1; Biliak, Vitalii 94.1; BlueOrange Studio 87.2; Boris-B 40.4; Chizhevskaya Ekaterina 13.8; DavidPinoPhotography 41.6; de la Rubia, Natalia 40.1; Evgeny Kuzhilev 87.6; fizkes 21.11, 66.3; Gilles Gaonach 88.7; Gomez, Juan Francisco 16.4; Gorodenkoff 91.4; Ground Picture 29.4; Igor Dutina 21.16; JPF 40.2; leoks 88.6; Lucky Business 39.2, 79.4; Lux Blue 13.6; marcin jucha 91.2; Mark Pitt Images 93.3; martin SC photo 13.4; maziarz 66.1; Monk, Stuart 29.2; Monkey Business Images 42.3, 42.8; nehophoto 93.8; O_Lypa 21.6; Odua Images 91.3; oliveromg 5.7; paulaphoto 84.1; Perminova, Kseniia 16.6; Sarfaraz82 114.1, 114.9; shopplaywood 99.15; Sina Ettmer Photography 88.8; Spanish Jeque 87.1; Syda Productions 31.4; Takashi Images 21.15; trabantos 13.7; ununuinius photo 31.1, 88.4; Vilela, Alvaro German 13.5; Waldir.bolivar 93.5; Wenpei 51.1. |Shutterstock.com (RM), New York: olrat 21.13. |stock.adobe.com, Dublin: 4th Life Photography 21.10; a-arts/images 21.12; alephnull 21.14; alfa27 16.3; Bouloubassis, Andreas 41.7; cuhle-fotos 72.3; Daniel Ernst 21.2; DigiClack 11.2, 11.3, 11.4, 11.5, 11.6, 11.7, 34.1, 77.1, 77.2, 77.3, 91.6, 91.7, 99.1, 99.2, 99.3, 99.4, 99.5, 99.6, 99.7, 99.8, 99.9, 99.10, 99.11, 99.12, 99.13, 99.14; Dmitrijevs, Dmitrijs 31.8; eyetronic 5.18; fotofrank 72.6; Hero Images 87.7; Jarzabek, Dariusz 42.1, 42.6; KB3 31.5; Kostic, Dusan 16.7; Loocid GmbH 72.4; M.studio 5.11; martialred 50.1; mdi 72.7; Meier, Ines 28.15, 28.16, 28.17, 28.18; MK-Photo 21.5; Petrus, Anton 5.8; Rido 41.4; rozaivn58 41.3; satori 42.2, 42.4, 79.2; schame87 87.5; VEOy.com 66.4; yanlev 5.6.

Textquellen
S. 10: Surf Camp y Escuela Surf en Ribadesella. Ribadesella: RBDSCamp Ribadesella, S. L. www.surfcampribadesella.com [Zugriff: 25.02.2025]

Audios
Lucentum Productions, Alicante. Projektleitung: Carmen Rubio. Tontechnik: Daniel Heckstall-Smith. Sprecherinnen und Sprecher: Laura Balboa, Chema Bazán, Susi Bazán, Viviana Estrada, Hugo Galeote, Santi García, Diego Juan, Mario Juárez, Iván López, Lola Maestro, Mar Nieto, Valeria Piñero, Carmen Rubio, Diego Sanchís, Pablo Torá.

[1] In Spanien duzen die Schüler/innen normalerweise ihre Lehrer/innen (¿Puede**s** ayudarme?). Wenn ihr eure Lehrer/innen siezt, dann benutzt ihr die 3. Person Singular (¿Puede**e** ayudarme?).

westermann

¿Qué pasa?

1

Gramática

Índice

1	**Die Artikel**		
1.1	Der bestimmte Artikel	Seite 3	Unidad 1
1.2	Der unbestimmte Artikel	Seite 3	Unidad 2
2	**Die Substantive**	Seite 3-4	Unidad 1
3	**Die Pronomen und Begleiter**		
3.1	Die Fragepronomen	Seite 4	Unidad 1, 2, 4
3.2	Die Personalpronomen (Subjektpronomen)	Seite 5	Unidad 1
3.3	Die Possessivbegleiter	Seite 5	Unidad 4
3.4	Das Relativpronomen *que*	Seite 6	Unidad 6
3.5	Die Indefinitbegleiter *mucho/-a* und *poco/-a*	Seite 6	Unidad 6
4	**Die Adjektive**	Seite 6	Unidad 4
5	**Die Adverbien**	Seite 7	Unidad 1-5
6	**Die Präpositionen**		
6.1	Die Präposition *de*	Seite 8	Unidad 1, 2
6.2	Die Präposition *en*	Seite 8	Unidad 1, 6
6.3	Die Präposition *a*	Seite 8	Unidad 4, 5, 6
6.4	Die Präposition *para*	Seite 8	Unidad 1, 6
6.5	Die Präpositionen des Ortes	Seite 9	Unidad 3
7	**Die Konjunktionen**		
7.1	Die Konjunktion *y*	Seite 9	Unidad 1
7.2	Die Konjunktion *o*	Seite 9	Unidad 3
7.3	Die Konjunktion *pero*	Seite 9	Unidad 1
7.4	Die Konjunktion *porque*	Seite 10	Unidad 4, 5
8	**Die Verben**		
8.1	Die Konjugationsgruppen	Seite 10	Unidad 2, 3
8.2	*Ser* und *estar*	Seite 10	Unidad 1, 2
8.3	*Estar* oder *hay*	Seite 11	Unidad 3
8.4	Das Verb *gustar*	Seite 11	Unidad 5
8.5	Die Modalverben	Seite 12	Unidad 5
9	**Der Gebrauch der Verben**		
9.1	Das Präsens	Seite 12	Unidad 1-3
9.2	Die nahe Zukunft	Seite 12	Unidad 6
10	**Der Satzbau**		
10.1	Die Aussagesätze	Seite 13	Unidad 1
10.2	Die Frage- und Ausrufesätze	Seite 13	Unidad 1
10.3	Die Verneinung	Seite 13	Unidad 2

In diesem Heft kannst du alle grammatikalischen Regeln noch einmal nachschlagen.
Außerdem gibt dir Copito viele hilfreiche Lerntipps.
Die Grammatik ist in diesem Heft nach Themen geordnet. Im Inhaltsverzeichnis kannst du nachschlagen, welches Thema du auf welcher Seite findest. In der rechten Spalte stehen außerdem die **Unidades**, in denen das jeweilige Thema im Schulbuch eingeführt wird.

Zu einigen Themen gibt es Erklärvideos. Diese sind mit dem Symbol ▶ gekennzeichnet.
Die Videos findest du im Internet. Gib dazu den Code, den du oben auf der Seite findest, im Suchfeld auf www.westermann.de ein oder scanne den dazugehörigen QR-Code.

1 Die Artikel **Los artículos**

1.1 Der bestimmte Artikel **El artículo determinado**

Der bestimmte Artikel im Singular heißt **el** für maskuline und **la** für feminine Substantive.
Der Plural lautet **los** für maskuline und **las** für feminine Substantive.

maskulin		feminin	
Singular	**Plural**	**Singular**	**Plural**
el amigo der Freund	los amigos die Freunde	la amiga die Freundin	las amigas die Freundinnen

1.2 Der unbestimmte Artikel **El artículo indeterminado**

Die unbestimmten Artikel heißen im Singular **un** für maskuline und **una** für feminine Substantive.
Die unbestimmten Artikel gibt es auch im Plural: **unos** für maskuline und **unas** für feminine Substantive.

maskulin		feminin	
Singular	**Plural**	**Singular**	**Plural**
un amigo ein Freund	unos amigos (einige) Freunde	una amiga eine Freundin	unas amigas (einige) Freundinnen

Mit dem unbestimmten Artikel im Plural gibt man eine unbestimmte Anzahl an.
Er wird auf Deutsch entweder gar nicht oder mit „einige / ungefähr" übersetzt.
Auch im Spanischen wird der unbestimmte Artikel im Plural oft weggelassen:
¿Tienes hermanos? Hast du Geschwister?

2 Die Substantive **Los sustantivos**

Im Spanischen gibt es maskuline und feminine Substantive.
Die maskulinen Substantive enden meistens auf -o, die femininen auf -a.
Substantive, die auf **-e** oder Konsonant enden, können maskulin oder feminin sein.
Substantive, die auf Vokal enden, bilden den Plural mit **-s**;
Substantive, die auf Konsonant enden, mit **-es**.
Endet ein Substantiv auf **-z**, wird der Plural mit **-ces** gebildet: **un pez – dos peces**.

maskulin		feminin	
Singular	**Plural**	**Singular**	**Plural**
el hermano el deporte el bar	los hermanos los deportes los bares	la hermana la madre la estación	las hermanas las madres las estaciones

Achte bei der Pluralbildung immer auf die Akzentsetzung,
damit die Betonung gleich bleibt:
la estación – las estaciones,
el examen – los exámenes.

→

Ausnahmen:
Einige Substantive, die auf **-a** enden, sind maskulin, z. B. **el día** (der Tag).
Nur wenige Substantive, die auf **-o** enden, sind feminin, z. B. **la radio** (das Radio).
El aula (das Klassenzimmer) ist feminin, trägt im Singular aber trotzdem den männlichen Artikel **el**.
Einige Substantive verwendet man normalerweise nur im Plural, z. B.: **las vacaciones** (der Urlaub / die Ferien), **las gafas** (die Brille) und **las Matemáticas** (der Mathematikunterricht).

Wenn du im Spanischen von einer Gruppe mit männlichen und weiblichen Personen sprichst, verwendest du immer die männliche Form – auch wenn es mehr Mädchen als Jungen sind.
Du kannst auch die männliche und die weibliche Form verwenden **(los chicos y las chicas de España)**.

3 Die Pronomen und Begleiter **Los pronombres y los determinantes**

3.1 Die Fragepronomen **Los pronombres interrogativos**

Die Fragepronomen tragen im Spanischen immer einen Akzent.
Am Anfang einer Frage steht ein umgedrehtes Fragezeichen (¿).
Am Ende einer Frage steht ein normales Fragezeichen (?).

¿Qué?	Was? Welche(r, s)?	**¿Qué** hay en el barrio? **¿Qué** asignaturas tenemos hoy?
¿Qué tal?	Wie geht's? Wie ist / war ...?	**¿Qué tal**? **¿Qué tal** las clases?
¿A qué hora?	Um wie viel Uhr?	**¿A qué hora** quedamos?
¿Dónde?	Wo?	**¿Dónde** están los chicos?
¿De dónde?	Woher?	**¿De dónde** eres?
¿Adónde?	Wohin?	**¿Adónde** vamos?
¿Cómo?	Wie?	**¿Cómo** te llamas? **¿Cómo** estás?
¿Por qué?	Warum?	**¿Por qué** no hay clase de Alemán?
¿Quién/es?	Wer?	**¿Quién** es la chica? **¿Quiénes** son estas chicas?
¿Cuándo?	Wann?	**¿Cuándo** quedamos?
¿Cuántos/-as?	Wie viele?	**¿Cuántos** alumnos hay en tu clase? **¿Cuántas** mascotas tienes?

Im Deutschen gibt es keine Unterscheidung zwischen **¿quién?** und **¿quiénes?**

Das Fragepronomen **¿cuántos/-as?** wird an das Substantiv angeglichen!

3.2 Die Personalpronomen (Subjektpronomen) **Los pronombres personales (de sujeto)**

Im Gegensatz zum Deutschen verwendet man im Spanischen die Subjektpronomen nur in besonderen Fällen. Welche Person etwas tut, erkennst du an der Endung der Verben:
Hablamos. = Wir sprechen.
Du brauchst die Subjektpronomen nur, wenn du eine Person besonders betonen möchtest und wenn eine Person ohne Verb steht.

Singular	1. Person	**yo**	ich
	2. Person	**tú**	du
	3. Person	**él / ella**	er / sie
		usted	Sie
Plural	1. Person	**nosotros / nosotras**	wir
	2. Person	**vosotros / vosotras**	ihr
	3. Person	**ellos / ellas**	sie
		ustedes	Sie

Im Spanischen gibt es zwei Höflichkeitsformen: **usted** und **ustedes**.
Du verwendest **usted**, wenn du eine Person siezt und **ustedes**, wenn du mehrere Personen siezt:
¿Es usted el señor García? Sind Sie Herr García?
¿Son ustedes los señores García? Sind Sie Herr und Frau García?
In Spanien siezt man sich seltener als in Deutschland und nur in förmlichen Situationen, z. B. im Hotel, am Flughafen oder in einer Bank. Sogar in der Schule werden die Lehrkräfte von ihren Schüler/innen geduzt und mit Vornamen angesprochen.

3.3 Die Possessivbegleiter **Los determinantes posesivos**

Die Endung der Possessivbegleiter richtet sich danach, was jemand „besitzt" und nicht nach der Person, die etwas besitzt. Das Bezugswort ist also immer das folgende Substantiv.

la tortuga de Omar → **su tortuga**
seine Schildkröte
las tortugas de Omar → **sus tortugas**
seine Schildkröten

la tortuga de Clara → **su tortuga**
ihre Schildkröte
las tortugas de Clara → **sus tortugas**
ihre Schildkröten

Singular		**Plural**	
maskulin	**feminin**	**maskulin**	**feminin**
mi primo **tu** primo **su** primo	**mi** prima **tu** prima **su** prima	**mis** primos **tus** primos **sus** primos	**mis** primas **tus** primas **sus** primas
nuestro primo **vuestro** primo **su** primo	**nuestra** prima **vuestra** prima **su** prima	**nuestros** primos **vuestros** primos **sus** primos	**nuestras** primas **vuestras** primas **sus** primas

Video: WES-113723-106

3.4 Das Relativpronomen *que* **El pronombre relativo *que***

Das Relativpronomen **que** beschreibt Personen oder Dinge in einem Relativsatz.
Es ist unveränderlich und kann im Relativsatz sowohl Subjekt als auch Objekt sein.
Im Gegensatz zum Fragepronomen **¿qué?** trägt das Relativpronomen **que** keinen Akzent.

Personen	La chica **que** lleva una falda es Yolanda. *(la chica = Subjekt)* Das Mädchen, das einen Rock trägt, ist Yolanda.
	Raúl es el chico **que** hemos visto en el parque. *(Raúl = Objekt)* Raúl ist der Junge, den wir im Park gesehen haben.
Dinge	Me gusta el libro **que** lee Lucía. *(el libro = Subjekt)* Mir gefällt das Buch, das Lucía liest.
	La camiseta **que** lleva Omar es de una tienda nueva. *(la camiseta = Objekt)* Das T-Shirt, das Omar trägt, ist aus einem neuen Laden.

3.5 Die Indefinitbegleiter **Los determinantes indefinidos**

Die Begleiter **mucho/-a** und **poco/-a** richten sich – wie Adjektive – in Zahl und Geschlecht nach dem Substantiv, auf das sie sich beziehen. Sie stehen immer vor dem Substantiv:
En mi barrio hay muchas tiendas pero pocos restaurantes.

	maskulin		feminin	
Singular	mucho calor poco viento	viel Wärme / Hitze wenig Wind	mucha ropa poca lluvia	viel Kleidung wenig Regen
Plural	muchos alumnos pocos coches	viele Schüler wenig Autos	muchas playas pocas horas	viele Strände wenige Stunden

4 Die Adjektive **Los adjetivos**

Im Spanischen gibt es drei Arten von Adjektiven:
- Adjektive, die auf -o oder -a enden (Plural: -os bzw. -as),
- Adjektive, die auf **-e** enden (Plural: **-s**)
- Adjektive, die auf **Konsonant** (z. B. **-l**) enden (Plural: **-es**).

Anders als im Deutschen stehen die Adjektive im Spanischen meist hinter dem Substantiv.
Sie richten sich in Zahl und Geschlecht immer nach dem Substantiv, auf das sie sich beziehen.
Es werden immer alle Adjektive an das Substantiv angeglichen – auch wenn das Adjektiv nicht direkt hinter dem Substantiv steht: **La chica es rubia y alta.**

maskulin		feminin	
Singular	**Plural**	**Singular**	**Plural**
el chico majo	los chicos majos	la chica maja	las chicas majas
el estadio grande	los estadios grandes	la casa grande	las casas grandes
el examen difícil	los exámenes difíciles	la pregunta difícil	las preguntas difíciles

Bei Adjektiven für gemischte Gruppen wird die maskuline Form verwendet:
Los chicos y las chicas son rubios.

Die Farben werden im Spanischen wie Adjektive an das Substantiv angeglichen:

maskulin		feminin	
Singular	Plural	Singular	Plural
el libro rojo	los libros rojos	la silla roja	las sillas rojas
el libro verde	los libros verdes	la silla verde	las sillas verdes
el libro azul	los libros azules	la silla azul	las sillas azules

5 Die Adverbien **Los adverbios**

Mit Adverbien kannst du den Sinn eines Verbs, eines Adjektivs oder eines anderen Adverbs verändern bzw. näher bestimmen. Adverbien verändern ihre Form nicht. Es gibt verschiedene Arten von Adverbien.

Adverbien der Art und Weise:

bien	Estoy **bien**.	Mir geht es **gut**.
mal	Miguel está **mal**.	Miguel geht es **schlecht**.
muy	El pueblo es **muy** tranquilo.	Das Dorf ist **sehr** ruhig.

Adverbien der Menge:

además	**Además**, tengo un gato.	**Außerdem** habe ich eine Katze.

Adverbien der Zeit:

a veces	**A veces** estoy mal.	**Manchmal** geht es mir schlecht.
hoy	**Hoy** no tengo tiempo.	**Heute** habe ich keine Zeit.
mañana	**Mañana** quedamos en el parque.	**Morgen** treffen wir uns im Park.
por la mañana / tarde / noche	**Por la mañana / tarde / noche**, Omar pasea a su perro.	**Morgens / nachmittags / abends** geht Omar mit seinem Hund spazieren.
siempre	La profesora **siempre** tiene muchas preguntas.	Die Lehrerin hat **immer** viele Fragen.
todavía	Lucía **todavía** está en el parque.	Lucía ist **(immer) noch** im Park.

Adverbien des Ortes:

aquí	**Aquí** no hay tiendas.	**Hier** gibt es keine Geschäfte.
allí	Quedamos **allí**, en el bar.	Wir treffen uns **dort**, in der Bar.

Adverbien der Bejahung und Verneinung:

también	Yo **también** tengo un gato.	Ich habe **auch** eine Katze.
tampoco	**Tampoco** somos de Madrid.	Wir sind **auch nicht** aus Madrid.

6 Die Präpositionen **Las preposiciones**

6.1 Die Präposition *de* **La preposición *de***

Die Präposition **de** (von, aus) verwendest du, um Folgendes auszudrücken:

die Herkunft einer Person oder Sache	Clara es **de** Cádiz y Lucía es **de** Madrid.
Zugehörigkeit oder Besitz	Copito es el perro **de** Omar.
die nähere Bestimmung einer Person oder Sache	María es mi profesora **de** Inglés. Vivo en el centro **del** país.

6.2 Die Präposition *en* **La preposición *en***

Die Präposition **en** (in, auf, an, zu) verwendest du:

bei Ortsangaben (Wo?)	Tito está **en** Ribadesella. Miguel y Lucía no están **en** la playa. Estoy **en** casa. ¿Qué hay **en** la mesa?
für Verkehrsmittel **(ir + en)**	Voy **en** bici o **en** metro al instituto.
bei der Angabe von Monaten, Jahreszeiten und Jahren	El festival es **en** verano. Mi cumpleaños es **en** abril.

6.3 Die Präposition *a* **La preposición *a***

Die Präposition **a** (in, zu, nach, an) verwendest du:

zur Angabe der Richtung oder des Ziels (Wohin?)	Yolanda va **a** Colombia. Lucía y Raúl no van **al** instituto hoy.
für die Uhrzeit	La fiesta es **a** las ocho.
nach bestimmten Verben, z. B. *jugar*	¿Te gusta jugar **al** fútbol?
für den Ausdruck „zu Fuß gehen“	Van **a** pie.

6.4 Die Präposition *para* **La preposición *para***

Die Präposition **para** (für, um ... zu) verwendest du:

bei Meinungsäußerungen	**Para** mí las vacaciones son la playa y el sol. **Para** Raúl la clase es muy aburrida.
zur Angabe eines Zwecks oder der Bestimmung	¿Necesitamos algo **para** la fiesta?
für die deutsche Infinitivkonstruktion *um ... zu*	Tengo que ir a casa **para** hacer los deberes.

6.5 Die Präpositionen des Ortes **Las preposiciones de lugar**

Mit den Ortspräpositionen kannst du ausdrücken, wo sich etwas oder jemand befindet.
Weitere Ortsangaben – neben der Präposition **en** – sind:

El perro está	**delante de** **detrás de** **cerca de** **al lado de** **a la derecha de** **a la izquierda de** **enfrente de** **encima de** **debajo de**	la mesa.	vor hinter nahe bei neben rechts von links von gegenüber von auf unter
El perro está	**entre**	la mesa y la silla.	zwischen

7 Die Konjunktionen **Las conjunciones**

Mithilfe von Konjunktionen werden zwei Hauptsätze oder ein Hauptsatz und ein Nebensatz miteinander verbunden. Deswegen heißen sie auch Verbindungswörter **(conectores)**.

7.1 Die Konjunktion *y* **La conjunción *y***

Mit der Konjunktion **y** können Aufzählungen oder zwei Hauptsätze miteinander verbunden werden.
Achtung: Vor Wörtern mit **i**- oder **hi**- wird **y** zu **e**.

Clara **y** Lucía son primas.	Clara und Lucía sind Cousinen.
Clara **e** Iker son amigos.	Clara und Iker sind Freunde.
Hablamos **y** luego compramos un helado.	Wir reden und dann kaufen wir ein Eis.

7.2 Die Konjunktion *o* **La conjunción *o***

Mit der Konjunktion **o** kann eine Auswahl aus mehreren Möglichkeiten getroffen werden. Außerdem verbindet sie zwei Hauptsätze miteinander. Achtung: Vor Wörtern mit **o-** oder **ho-** wird **o** zu **u**.

¿Viajamos a Chile **o** a Bolivia?	Reisen wir nach Chile oder Bolivien?
¿Son restaurantes **u** hoteles?	Sind es Restaurants oder Hotels?
¿Estudiamos **o** quedamos en el cine?	Lernen wir oder treffen wir uns im Kino?

7.3 Die Konjunktion *pero* **La conjunción *pero***

Mit der Konjunktion **pero** wird ein Gegensatz ausgedrückt und zwei Hauptsätze werden miteinander verbunden. Vor **pero** steht in der Regel ein Komma.

Lucía es de Madrid, **pero** Clara no.	Lucía kommt aus Madrid, aber Clara nicht.
Omar no tiene hermanos, **pero** tiene cuatro mascotas.	Omar hat keine Geschwister, aber er hat vier Haustiere.

7.4 Die Konjunktion *porque* **La conjunción *porque***

Mit der Konjunktion **porque** wird der Grund für etwas angegeben und es wird ein Hauptsatz mit einem Nebensatz verbunden. Anders als im Deutschen haben spanische Nebensätze dieselbe Wortstellung wie Hauptsätze.

No voy a la fiesta **porque** no tengo tiempo.	Ich gehe nicht zur Party, weil ich keine Zeit habe.

8 Die Verben **Los verbos**

8.1 Die Konjugationsgruppen **Las conjugaciones**

Die regelmäßigen spanischen Verben unterteilt man je nach Endung des Infinitivs in drei Konjugationsgruppen:

- Verben auf **-ar** (z. B. **hablar**)
- Verben auf **-er** (z. B. **comer**)
- Verben auf **-ir** (z. B. **abrir**)

Neben den regelmäßigen Verben gibt es im Spanischen auch Gruppenverben und unregelmäßige Verben (→ Verbos, Seite 14-15).

8.2 *Ser* und *estar* ***Ser* y *estar***

Im Spanischen gibt es zwei Verben für das deutsche Verb *sein*: **ser** und **estar**.
Mit **ser** gibst du an:

Herkunft, Beruf, Nationalität und Identität	**Soy** de Medellín. Fátima Fernández **es** profesora. Yolanda **es** colombiana. **Es** una chica.
Eigenschaften von Personen (z. B. Aussehen oder Charakter), Sachen oder Orten	Raúl y Lucía **son** muy simpáticos. La fiesta **es** genial. Madrid **es** una ciudad.
Verwandtschaftsverhältnisse	Clara **es** la prima de Lucía y Miguel.
Uhrzeit und Datum	**Son** las dos de la tarde. Mi cumpleaños **es** el 25 de noviembre.
den gesamten Preis oder eine Anzahl	¿Cuánto **es**? – **Son** diez euros. **Sois** veinte alumnos.
wem etwas gehört	**Es** mi libro.

Mit **estar** gibst du an:

wo sich jemand oder etwas befindet, liegt oder steht	Tito y sus amigos **están** en la playa. Medellín **está** en Colombia.
wie es jemandem gerade geht	¿Cómo **estás**? – **Estoy** bien.

8.3 *Hay* oder *estar* ***Hay* o *estar***

Mit **hay** und **estar** gibst du an, wo sich eine Person oder Sache befindet.
Wenn du den Ort einer unbestimmten Person / Sache angibst, verwendest du **hay**.
Wenn du den Ort einer bestimmten Person / Sache angibst, verwendest du **estar**.

El libro de Yolanda **está** en la mesa. **Hay un** libro en la mesa.	Yolandas Buch befindet sich auf dem Tisch. Es befindet sich ein Buch auf dem Tisch.
Los alumnos **están** en el cine. **Hay muchos** alumnos en el cine.	Die Schüler sind im Kino. Es sind viele Schüler im Kino.

Hay verwendest du mit:

unbestimmten Artikeln	**Hay** un parque en mi barrio.
mit Zahlen	**Hay** quince mesas en el aula.
unbestimmten Mengen (Indefinitbegleiter)	**Hay** muchos alumnos en mi insti.
Substantiven im Plural ohne Artikel	**Hay** casas muy bonitas en Madrid.

Estar verwendest du mit:

bestimmten Artikeln	El parque **está** en el centro de la ciudad.
Eigennamen	Ribadesella **está** en Asturias.
Possessivbegleitern	Mi instituto **está** cerca de mi casa.

8.4 Das Verb *gustar* **El verbo *gustar***

Gustar heißt übersetzt „gefallen", „mögen" oder „etwas gerne tun". In Sätzen mit **gustar** steht das Dativobjekt vor dem Verb und das Subjekt steht hinter dem Verb.

Dativobjekt *(= Wem gefällt?)*	Verb	Subjekt *(= Was gefällt?)*
Me	**gusta**	**el libro.**
Mir	gefällt	das Buch.
Me	**gustan**	**los libros.**
Mir	gefallen	die Bücher.

Steht das Subjekt im Singular (= **el libro**), endet **gustar** auf **-a**. Steht das Subjekt im Plural (= **los libros**), endet **gustar** auf **-an**. Auch ein Verb kann in Sätzen mit **gustar** das Subjekt sein. Dann endet **gustar** ebenfalls auf **-a**: **Me gusta nadar.**
Die Pronomen für Dativobjekte lauten im Spanischen: **me, te, le, nos, os, les** (mir, dir, ihm/ihr, uns, euch, ihnen). Um die Personen, denen etwas gefällt, hervorzuheben, kannst du die Präposition **a** und ein betontes Personalpronomen oder **a** + Name davorstellen:

A mí	**me**	**gusta**	**el libro.**	**A nosotros/-as**	**nos**	**gusta**	**el libro.**
A ti	**te**	**gusta**	**el libro.**	**A vosotros/-as**	**os**	**gusta**	**el libro.**
A él	**le**	**gusta**	**el libro.**	**A ellos**	**les**	**gusta**	**el libro.**
A ella	**le**	**gusta**	**el libro.**	**A ellas**	**les**	**gusta**	**el libro**
A Álex	**le**	**gusta**	**el libro.**	**A Álex y a Tom**	**les**	**gusta**	**el libro.**

In verneinten Sätzen steht **no** vor den Dativpronomen: **(A mí) no me gusta el libro.**

Videos:
WES-113723-112

8.5 Die Modalverben **Los verbos modales**

Wie im Deutschen verwendest du nach einem Modalverb ein Verb im Infinitiv.
Anders als im Deutschen können die Modalverben nicht von dem Infinitiv getrennt werden.

querer (wollen)	**Quiero ir** al cine. – No **quiero ir** al cine.
tener que (müssen)	**Tienes que** estudiar. – No **tienes que** estudiar.
poder (können)	Raúl **puede ir** a la fiesta. – Raúl no **puede ir** a la fiesta.

Querer und **poder** sind Diphthongverben (siehe Verbtabelle auf Seite 14).
Tener que wird wie **tener** konjugiert (siehe Verbtabelle auf Seite 15).

9 Der Gebrauch der Verben **El uso de los verbos**

9.1 Das Präsens **El presente**

Mit dem Präsens drückst du aus, was in der Gegenwart passiert:
Hoy quedamos en el parque. Heute treffen wir uns im Park.

Wie im Deutschen kannst du mit dem Präsens auch beschreiben, was in der Zukunft passiert:
Mañana tengo clase de Inglés. Morgen habe ich Englischunterricht.

	habl**ar**	com**er**	escrib**ir**
yo	habl**o**	com**o**	escrib**o**
tú	habl**as**	com**es**	escrib**es**
él / ella, usted	habl**a**	com**e**	escrib**e**
nosotros/-as	habl**amos**	com**emos**	escrib**imos**
vosotros/-as	habl**áis**	com**éis**	escrib**ís**
ellos / ellas, ustedes	habl**an**	com**en**	escrib**en**

Die unregelmäßigen Verben findest du in der Tabelle auf Seite 15.

9.1 Die nahe Zukunft **El futuro inmediato**

Mit dem **futuro inmediato** (**ir a** + Infinitiv) drückst du aus, was in der nahen Zukunft passieren wird.
Außerdem kannst du Zukunftspläne formulieren. Diese Form wird mit der konjugierten Form des Verbs **ir**, der Präposition **a** und dem Infinitiv des Hauptverbs gebildet.
Im Englischen ist das ähnlich. Im Spanischen verwendet man jedoch immer die Präposition **a**.
Vamos a jugar al fútbol mañana.
We are going to play soccer tomorrow.

La semana que viene	**voy** **vas** **va** **vamos** **vais** **van**	a	jug**ar** al fútbol. hac**er** una tarta. escrib**ir** un examen.

Die drei Teile
(ir + a + infinitivo)
können nicht voneinander getrennt werden!

10 Der Satzbau **La sintaxis**

10.1 Die Aussagesätze **Las frases enunciativas**

Aussagesätze bestehen mindestens aus einem Subjekt und einem Prädikat.
Das **Subjekt** steht vor dem **Prädikat**:
Miguel come. Lucía y Raúl hablan.

Die adverbialen Bestimmungen *(Wo / Wann / Wie geschieht etwas?)* können am Satzanfang und / oder am Satzende stehen:
Hoy Lucía y Raúl quedan en el parque.
Oft steht jedoch das Subjekt am Satzanfang und die adverbialen Bestimmungen nach dem Prädikat:
Lucía y Raúl quedan hoy en el parque.

10.2 Die Frage und Ausrufesätze **Las frases interrogativas y exclamativas**

Fragen und Ausrufe werden durch ein umgedrehtes Frage- bzw. Ausrufezeichen eingeleitet und mit einem normalen abgeschlossen:
¿Cuántos años tienes? Wie alt bist du?
¡Qué bonito! Wie schön!

Die umgekehrten Satzzeichen müssen nicht immer am Satzanfang stehen:
Eres Yolanda, ¿verdad? Du bist Yolanda, nicht wahr?

Viele Fragesätze beginnen mit einem Fragepronomen.
Das **Verb** steht in diesen Fragen wie im Deutschen immer vor dem **Subjekt**:
¿Cómo se llama el chico? Wie heißt der Junge?

Andere Fragesätze brauchen keine Fragepronomen, da man sie nur mit „ja" oder „nein" beantworten kann. In diesen Fragen stellst du wie im Deutschen das Prädikat vor das Subjekt:
¿Es Miguel tu hermano? Ist Miguel dein Bruder?

Oder du kennzeichnest eine Frage nur durch die beiden Fragezeichen und veränderst beim Sprechen die Satzmelodie:
¿Miguel es tu hermano? Miguel ist dein Bruder?

10.3 Die Verneinung **La negación**

Um eine Aussage oder einen Satz zu verneinen, verwendest du das Wort **no**.
No bedeutet *nein*, aber auch *nicht* oder *kein*.

No als *nein* wird durch ein Komma vom Hauptsatz getrennt:
Omar, ¿eres de Colombia? – No, no soy de Colombia.
Omar, kommst du aus Kolumbien? – Nein, ich komme nicht aus Kolumbien.

Anders als im Deutschen steht im Spanischen das Verneinungswort **no** immer vor dem konjugierten Verb oder – falls vorhanden – vor dem Reflexiv- oder Objektpronomen.
No tengo hermanos. Ich habe keine Geschwister.
Mi amiga no se llama Rosa. Meine Freundin heißt nicht Rosa.
No me gusta ir de compras. Ich gehe nicht gern shoppen.

Los verbos

Hier findest du die Konjugationen oder Konjugationsmuster von allen Verben, die du in ***¿Qué pasa?* 1** lernst.

1 Die Hilfsverben **Los verbos auxiliares**

infinitivo	**ser** (1)	**estar** (2)	**haber**
yo	**soy**	**estoy**	
tú	**eres**	est**á**s	
él / ella, usted	**es**	est**á**	**hay**
nosotros/-as	**somos**	estamos	
vosotros/-as	**sois**	est**á**is	
ellos / ellas, ustedes	**son**	est**á**n	

2 Die regelmäßigen Verben **Los verbos regulares**

infinitivo	**habl**<u>ar</u> (3)	**com**<u>er</u> (4)	**escrib**<u>ir</u> (5)
yo	habl**o**	com**o**	escrib**o**
tú	habl**as**	com**es**	escrib**es**
él / ella, usted	habl**a**	com**e**	escrib**e**
nosotros/-as	habl**amos**	com**emos**	escrib**imos**
vosotros/-as	habl**áis**	com**éis**	escrib**ís**
ellos / ellas, ustedes	habl**an**	com**en**	escrib**en**

3 Die Diphthongverben e → ie **Los verbos con diptongación e → ie**

infinitivo	**emp<u>e</u>zar** (6)	**qu<u>e</u>rer** (7)
yo	emp**ie**zo	qu**ie**ro
tú	emp**ie**zas	qu**ie**res
él / ella, usted	emp**ie**za	qu**ie**re
nosotros/-as	empezamos	queremos
vosotros/-as	empezáis	queréis
ellos / ellas, ustedes	emp**ie**zan	qu**ie**ren

4 Die Diphthongverben o → ue und u → ue **Los verbos con diptongación o → ue y u → ue**

infinitivo	**j<u>u</u>gar** (8)	**v<u>o</u>lar** (9)	**p<u>o</u>der** (10)	**d<u>o</u>rmir** (11)
yo	j**ue**go	v**ue**lo	p**ue**do	d**ue**rmo
tú	j**ue**gas	v**ue**las	p**ue**des	d**ue**rmes
él / ella, usted	j**ue**ga	v**ue**la	p**ue**de	d**ue**rme
nosotros/-as	jugamos	volamos	podemos	dormimos
vosotros/-as	jugáis	voláis	podéis	dormís
ellos / ellas, ustedes	j**ue**gan	v**ue**lan	p**ue**den	d**ue**rmen

5 Die unregelmäßigen Verben **Los verbos irregulares**

infinitivo	**hacer** (12)	**ir** (13)	**tener** (14)	**ver** (15)
yo	**hago**	**voy**	**tengo**	**veo**
tú	haces	**vas**	t**ie**nes	ves
él / ella, usted	hace	**va**	t**ie**ne	ve
nosotros/-as	hacemos	**vamos**	tenemos	vemos
vosotros/-as	hacéis	**vais**	tenéis	veis
ellos / ellas, ustedes	hacen	**van**	t**ie**nen	ven

Verbliste **Lista de verbos**

Die folgende Liste enthält alle Verben aus ***¿Qué pasa?* 1**. Die Zahl hinter jedem Verb verweist auf die Nummer eines in den vorhergegangenen Tabellen aufgeführten Verbs, das die gleiche Konjugation aufweist. So bedeutet z. B. **abrir** → 5, dass **abrir** wie das Verb 5 (also **escribir**) konjugiert wird.

A
abrir → 5

B
bailar → 3
buscar → 3

C
cantar → 3
celebrar → 3
chatear → 3
comer → 4
compartir → 5
comprar → 3
comprender → 4

D
dormir → 11

E
empezar → 6
enseñar → 3
entrar → 3
escribir → 5
escuchar → 3
estar → 2
estudiar → 3

G
grabar → 3

H
hablar → 3
hacer → 12

I
ir → 13

J
jugar → 8

L
leer → 4
llamar(se) → 3
llevar → 3
llover → 10

M
mandar → 3
mirar → 3
montar → 3

N
nadar → 3
necesitar → 3
nevar → 6

O
ordenar → 3

P
participar → 3
pasar → 3
pasear → 3
poder → 10
presentar → 3

Q
quedar → 3
querer → 7

R
responder → 4

S
sacar → 3
ser → 1

T
tener → 14
tocar → 3
tomar → 3

V
ver → 15
viajar → 3
visitar → 3
vivir → 5
volar → 9

westermann

A1

Gemeinsamer europäischer Referenzrahmen